「まあ、そういうことにしておこうか！
うははは！」
アロンド・ルーソン
ハベルの兄

志野一良
宝くじで億万長者となった青年
バレッタ
グリセア村 村長の娘

「……私は、カズラとバレッタと、
これからもずっと一緒にいたいな」
リーゼ・イステール
ナルソンの娘

「お、おい、何をしてるんだ？」
ジルコニア・イステール
ナルソンの後妻

「えっと、掛け声を
かけるんだったっけ……
たーまやー？」
カイレン・グリプス
バルベール第10軍団長
フィレクシア
バルベール第10軍団所属の
兵器職人

部族支配地域
アルカディア王国 周辺地図
バルベール共和国
Valvert
クレイラッツ
都市同盟
Craylutz
アルカディア王国
Arcadia
プロティア
王国
Protea
エルタイル
王国
Altair
アルカディア王国 国内地図
バルベール共和国
Valvert
砦
グレゴリア
グリセア村
イステリア
クレイラッツ
都市同盟
Craylutz
アルカディア王国
Arcadia
フライシア
王都アルカディア

宝くじで40億当たったんだけど異世界に移住する⑮

すずの木くろ

MONSTER bunko

Contents

序章

占領したバルベールの港湾都市ドロマの総督邸の一室で、アロンドはゲルドン親子と地図を広げていた。

地図はバルベール全域の交通路が記されたものであり、現状分かっている敵味方の軍勢が書かれた紙切れが点々と置かれている。

「一気に首都へ、か」

地図を眺めながら、ゲルドンが言う。

アロンドは「はい」、と頷いた。

「我らにとって、最大の味方は時間です。敵に立て直しの時間を与えず、各方面から一挙に首都へと進軍して、敵に圧力をかけるのです」

「だが、連中は逃げながら自分たちの都市を焼き払っているぞ。途中で物資不足に陥るではないか」

ゲルドンが言うと、アロンドはにこりと微笑んだ。

「ご冗談を。何年も前から、皆様はバルベールから食料をせしめては貯め込んでいたではないですか。それを今使うのですよ」

アロンドが言うと、ゲルドンが「ほう」と嬉しそうな顔になった。

「何だ、知っていたのか」

「バルベール軍の行動については、過去にさかのぼってすべてを調べてきましたので」

「はっはっは！　そうか、そうか！　いや、試すような真似をしてすまんな。バカな作戦を提案して、我らをハメるつもりかとも考えただけだ。気を悪くするな」

豪快に笑うゲルドンに、ウズナが顔をしかめる。

「ゲルドン、アロンドを信じなよ。今までの作戦だって、全部こいつが成功させたんじゃないか」

「おっと、可愛い娘のお気に入りを侮辱してしまったかな？」

「なっ」

ウズナが顔を赤くする。

「毎日、仲良くしているもんなぁ。毎度毎度、一緒に料理をするわ、洗濯はやるわ、この間なんて体を拭いてやっていたじゃないか。まるで夫婦みたいだったぞ。うはは！」

「そ、それは、こいつを監視するついでだよ！　バカなこと言うな！」

「まあ、そういうことにしておこうか！　うはは！」

爆笑するゲルドンに、ウズナの顔が真っ赤になる。

彼らと一緒に過ごすようになってからというもの、アロンドはウズナにことあるごとに話しかけ、後を付いて回り、様々な作業を手伝っていた。

最初のうちは邪魔者扱いしていたウズナだったが、彼の持前の話術と、常に紳士的な立ち振る舞いに、今ではすっかり心を許しているようだ。

今まで、ゲルドンを恐れてウズナに近寄ろうとする男は皆無であり、彼女は男と親しくする経験がまったくなかった。

ウズナとしては、アロンドはゲルドンの目を気にしないで気さくに接してくる初めての男なのだ。

顔を火照らせているウズナにアロンドは小さく笑うと、再び地図に目を向けた。

「軽装である我らの軍勢は、バルベール軍に比べてかなりの速度で行軍することができます。この街でラタも大量に手に入りましたし、この街の食料を使えば、首都を包囲しても十分長期戦は可能です」

「ん？　だが、使える食料は、総督府が保管していた5割だぞ。手持ちを合わせても、戦闘しながらでは来年の夏まで持つかどうかだ」

「奴らの畑から収穫すればいいじゃないか。そろそろ、麦類の収穫期なんだしさ」

ウズナが口を挟む。

まだ少し、頬が赤くなっている。

「そんだけ長く包囲戦をするんなら、奴らの土地で農作しながら、北から輸送もさせればいい。

いくらか人を送って農作業をやらせれば、きっと大丈夫だよ」

「いや、それだけだと、万が一敵が農地を焼き払っていたり、首都の軍勢が出てきて戦線が後退することになったら、いずれ食料不足になるよ。もっと備蓄があれば、余裕を持って戦える」

「そんなこと言っても、ないものはないじゃないか。どうしろっていうの？」

ウズナが眉間に皺を寄せる。

「この街の食料を、根こそぎ持って行くのさ」

アロンドが言うと、彼女は目を丸くした。

「根こそぎって……食料の持ち出しは、5割って約束しただろ？　それを破るっていうの？」

「そのとおり。ただし、何日かはばれないように、積んである食料袋を砂袋と入れ替えておくんだ。目に付く場所にあるものは、本物にしておいてね」

アロンドが真剣な表情で話す。

「どのみち、この都市は敵の海軍が取り返しに来たら、沿岸部は奪われるだろう。そのまま市街戦になれば、捕虜にしてる兵士たちや市民たちは必ず蜂起する」

「……こちらの海軍がハリボテだと分かれば、そうなるだろうな」

ゲルドンが頷く。

まったく戦闘せずに街を制圧したため、兵士たちは無傷の状態だ。

捕虜として街の一区画に押し込んで見張らせてはいるが、たとえ素手でも蜂起されれば非常に危険である。

それに、この大都市のすべての市民を見張ることなど不可能であり、バルベール海軍が攻撃してくれば、なおのこと目が行き届かなくなる。

沿岸部を制圧でもされてしまえば、友軍の来援に奮い立った彼らが蜂起する可能性は十分にあった。

「はい。そうなったら、たとえ撃退できたとしても被害は計り知れません。そうなる前に、この街をまるごと敵の足枷にしてしまうのです」

「街を食料不足に陥らせるのだな。農地はどうする？」

ゲルドンが真顔になり、アロンドに尋ねる。

「種籾をすべて持ち出してしまえば、畑に使い道はありません。今生っているものは、早いですがすべて刈り取ります。熟す前でもラタの飼料には使えるので、無駄にはなりません」

「アロンド、あんた……」

ウズナが唖然とした顔で、アロンドを見つめる。

「私たちの海軍がハリボテだということを、彼らはまだ知りません。港に姿が見えないとなれば、再度の襲撃を防ぐために北部へ向かうか、街を守るために留まるでしょう」

アロンドはこの街を制圧した後、あえて街の警備に穴を作った。

そうとは知らずに、街の若者の何人かがドロマ陥落を知らせに南へ向かったことを確認済みである。

きっと彼らは、「ドロマは蛮族の大艦隊と陸上部隊に包囲されて降伏した」と伝えることだろう。

バルベール軍は、こちらが強力な海軍を保持していると思い込んでいるはずだ。

「よし、その手でいくぞ」

ゲルドンが少しの間考え、口を開いた。

「我らはバルベール人に『蛮族』と蔑まれているのだ。蛮族は蛮族らしく、野蛮にいこうじゃないか」

「英断でございます。私たちにとって、この戦争は絶対に勝利しなければなりません。卑怯な手であっても、やれることはやるべきです」

「でも、この都市を失ったら挟み撃ちにされるって、あんたは言ってたじゃないか。大丈夫なの？」

ウズナが心配そうな顔で、アロンドに尋ねる。

「食料がなければ、軍隊は動けない。ましてや、こちらのハリボテ海軍を警戒しながら、さらに港湾都市がもう1つ攻められていたら、なおさらだ」

「え？　もう1つって？」

「南に向かった連中に、こっちの兵も混ざっておるのだ。奴らが水門を開ける手はずになっている。そうだな？　アロンド」

ゲルドンが言うと、アロンドは「はい」と頷いた。

バルベールにいる間、アロンドは北西部にある各都市の作りを頭に叩き込んでいた。

どうすれば蛮族に攻略させられるかを日々考え、来るべき日に備えていたのである。

「南にあるストラードという港湾都市には、貧民街に古い水門があるんだ。警備はされているけど、厳重じゃない。そこを開けさせて外から兵を送り込んで、街に火を放つのさ」

「くっくっく。外からも同時に攻撃を仕掛けて、内側でも大混乱というわけだ。上手くいけば、街中を火の海にできるかもしれんぞ」

ゲルドンが愉快そうに笑う。

「それじゃあ、私たちは首都には向かわずに、その街に行くの？」

「いいや。街には別の部族を向かわせることで話がついている。この街を、戦争に勝った後はそいつらにくれてやるという条件でな」

「そうなんだ……って、話は付いてるって今言ったの？」

ウズナが怪訝《けげん》な顔でゲルドンを見る。

その様子に、アロンドとゲルドンは笑い出した。

「なっ、何で笑うんだよ⁉」

「はは。ごめん、ごめん。ウズナさんがどんな反応するかなって思って、ゲルドン様に付きあってもらったんだ」

「くっく。いや、面白いものが見れた。そうか、ウズナはアルカディアの若者にご執心か」

「はあ⁉ 何言ってんだよ⁉」

ウズナが顔を真っ赤にして怒鳴る。

そんな彼女に、アロンドは微笑んだ。

「ウズナさんに軽蔑されなくてよかったよ。人でなしの作戦を考えるなんて、とか言われるかもしれないと思ってたからさ」

「……これは戦争なんだ。負けた後で卑怯だとか約束が違うとか言ったって、そんなの勝者は聞きやしない。やったもの勝ちなんだから、仕方がないよ」

ウズナが暗い顔で言う。

正直なところ、今聞いた作戦は外道もいいところであり、いい気分はしない。

だが、やらねばやられるというのは、自分たちを追いやって来た東の部族たちに、嫌というほど教えられてきた。

非情な作戦が必要な時もあるというのは、ウズナは十分理解しているつもりだ。

「だから、アロンドを軽蔑なんてするわけがないだろ。あんたは、必要な結果のために、必要な作戦を考えただけだよ」

ウズナが言うと、アロンドは少し驚いた顔になった。

そして、嬉しそうな笑みを彼女に向けた。

「ありがとう。やはり、ウズナさんは賢い人だ。美人だし、スタイルはいいし、話してて楽しいし、非の打ち所がない」

「あっ、あんたはまた、そんなおべっかを使って！」

ウズナが再び顔を赤くする。

「おべっかじゃないって。俺が今まで会った女性のなかで、文句なしに一番素敵な人だよ」

「ああもう！　どうせあんた、どんな女にでも同じようなこと言ってるんだろ⁉　女たらしな顔付きだしさ！」

「はっはっは！　そんなにこいつの顔が気に入ったなら、いっそのこと2人きりで寝起きしたらどうだ？」

ゲルドンが爆笑しながら、ウズナに言う。

ウズナはさらに顔を赤くし、「ゲルドン！」と怒鳴った。

「くくく。まあ、そう興奮するな。だがな、アロンド」

ゲルドンがじろりと、鋭い視線をアロンドに向ける。

「もし我らを裏切るような真似をしたら、その時は、お前の仲間ともども首を刎ねて棚飾りにしてやる。肝に銘じておけ」

「心得ております。ですが、もしそうなった時は、私の生首はウズナさんの部屋に飾ってやってください。どうやら気に入ってもらえたようですし」

アロンドがにこやかに返すと、再びゲルドンが爆笑した。

「くはは！　そうさせてもらおうか！　なあ、ウズナ！」

「ああもう、うるさい！　一生やってろ、バカ！」

いつまでもからかう2人に、ウズナは憤慨して部屋を出て行った。

第１章　無茶振り

「……え？」

一良《かずら》がぽかんとした顔で、気の抜けた声を漏らす。

バレッタたちも、唖然とした顔になっていた。

「書状には、『部族同盟は対バルベール戦線として貴殿ら同盟諸国と共闘したい』と記されていた。彼らの全面攻勢に呼応して、我々にも攻勢を望むとのことだ。蛮族の族長たちの署名もあったらしい」

「アロンドって、ハベルの兄のアロンド・ルーソンよね？」

「そうだ。これまでの行いを詫びる内容の書状も、一緒に送られてきた。これがその内容だ」

ナルソンがメモ紙を取り出し、ジルコニアに手渡す。

「ええと……『急に姿を消したことを深くお詫び申し上げます。私は今まで――』」

ジルコニアがアロンドからの書状を読み上げる。

突然姿をくらましたことに対する謝罪。

今までバルベール元老院に潜入し、彼らの信頼を得て情報を集めていたこと。

バルベール軍が首都から砦に向けて出撃したと同時に逃亡し、蛮族領へと侵入したこと。

部族の族長の1人にアルカディアとバルベールとの開戦を伝えて説得し、すべての部族を説得させてバルベールに全面攻勢をかけるように働きかけたこと。

バルベール北西の港湾都市ドロマを計略によって無血で占領したこと。

その他、アロンドがバルベールに侵入中に手に入れたバルベール軍の配置場所と軍団の構成内容、各軍団長の性格から各地の街や都市の食料備蓄量まで、事細かに記載されていた。

そのあまりにも詳細な情報に、一良《かずら》たちはただただ唖然とするばかりだ。

「ま、まさか、そんなこと……」

愕然とした顔のリーゼ。

てっきり、アロンドはバルベールに亡命してアルカディアの情報を売り渡したものとばかり思っていた。

それがまさか、このような大それたことをしていたとは。

「書状を携えて来た者は蛮族の兵士と、捕虜になったバルベールの漁師とのことです。証拠として、バルベール元老院の認印付きのドロマの地図の原本を携えていたそうで」

「夜中の沖合に大量の筏《いかだ》を浮かべて松明を灯し、さも大艦隊がいるように見せかけて降伏をうながした、か。ちょっと信じられないわね」

ジルコニアがメモ紙に目を落としながら言う。

「天候によっては、あり得ない話でもないな。大雨に紛れていれば海上の視界は悪くなりそうだし、偽装工作もしやすくなる。そう都合よく、雨に合わせて筏を用意できるのかは分からんが」

「ということは、アロンドさんは裏切っていなかったということですね？」

じっとジルコニアの持つ書状を見ていた一良《かずら》が、ぽつりと言う。

「書かれている内容はこっちが得ている情報と同じものがいくつもありますし、信用できそうです。アロンドさんは、ずっと1人でアルカディアのために動き回っていてくれたってことですよね？」

「それは……」

ナルソンが口ごもる。

ナルソンとしては、そう簡単に彼を信用することなどできないと考えていた。

以前、ジルコニアが捕らえられていた際に、ティティスから水車、製粉機、スクリュープレスの話をされたと聞かされている。

それらはアロンドが持ち出した設計図と同じものであり、彼がバルベールにそれらを渡したと考えていいだろう。

何より、自分に何も話さずに勝手に姿をくらましたという事実が大きすぎた。

「私としては、ただの日和見的行動に思えます」

一良《かずら》にどう答えようか悩んでいるナルソンに代わり、バレッタが口を開く。

「アロン……あの人は機械の設計図をいくつも盗み出し、ナルソン様にさえも何も言わずにバルベールへ亡命したんです。砦を巡る戦いの詳細も知っているでしょうし、旗色が悪くなったと判断して部族領へと逃げたんだと思います」

バレッタが一良《かずら》を見る。

その真剣な眼差しに、一良《かずら》の目に動揺が走った。

「カズラさん、あの人を信用するのは危険です。書状に書かれている情報には正しいものもあるとは思いますけど、嘘というものは真実の中に隠すものです。彼を忠臣のように考えるのは、やめるべきです」

「……」

「信じたいという気持ちと、信じられるかというのは別問題です。こちらの作戦は上手くいっているんですから、そこにあえて不確定要素を入れるべきではありません」

「……そうね。バレッタの言うとおりだと思うわ」

ジルコニアが頷く。

「本当に蛮族に与しているとしたら、それこそ土壇場になって手のひらを返してくるかもしれない。蛮族の戦力も、未知数なわけだし」

「うむ。そう考えるべきだろうな」

「……そうですね」

ジルコニアとナルソンの言葉に、一良《かずら》が苦悩の表情で頷く。

バレッタの言うとおり、アロンドを全面的に信用して蛮族と共闘することにした場合、下手をすれば脇腹を突かれて大損害を被る可能性だってあるのだ。

一良《かずら》としてはイステリアで彼と一緒に仕事をしていた時の彼の誠実さと頼もしさが強く印象に残っており、彼が姿を消してからもずっと、「ひょっとしたら」と考えることが何度もあった。

バレッタに指摘されたように彼を信じたいという気持ちがあることは確かだが、現実問題として、それは無理だろう。

自分の気持ちを優先させて、国全体を危険に晒すべきではない。

「バレッタさんの言うとおりです。さっき俺が言ったことは忘れてください」

考えを振り切った顔で言う一良《かずら》に、バレッタがほっとした表情になる。

「はい。ナルソン様、彼らからの要請にはどう返答するおつもりですか？」

「とりあえずは、了承したと返答しようかと思う。ここで突っぱねると、蛮族軍と遭遇した途端に戦闘にもつれ込む危険を生むからな」

「なるほど。それがいいかもしれないですね。ですが、軍を並べてバルベール軍と戦闘を、という状況にはならないように、気を付ける必要があるかと」

「ああ、もちろんそこは注意しよう。しかし、バルベール海軍に拿捕されずに、使者はどうやって海を渡って来たのだろうな……」

「……ナルソン。1つ提案があるんだけど」

考え込んでいたジルコニアが、ナルソンに声をかける。

「どこかのタイミングで、アロンドと顔を合わせる機会を作れないかしら？　蛮族からの使者として呼び出すとか」

「む、作れるかは分からないが……どうしてだ？」

「首を刎ねてしまおうと思って」

その言葉に、バレッタ以外の3人がぎょっとした顔になる。

「もう、あの男のせいであれこれ悩まされるのは懲り懲りよ。殺してしまったほうが、さっぱりしていいわ」

「い、いや、でも、そんなことをしたら蛮族と戦争になっちゃいますよ。アロンドさんは、族長たちに取り入っているほどに信用を得ているんでしょう？」

一良《かずら》が慌てて止めに入る。

「それだって本当かどうか怪しいですよ。族長たちの署名が本物かどうかの判別なんて、できないんですし」

「それはそうですけど、首を刎ねるってのはさすがに……」

「そうだぞ。まずはバルベールを屈服させてからだ」

「むう……」

一良《かずら》とナルソンになだめられ、ジルコニアが不満そうな顔になる。

「と、とりあえずは、もし彼に会えたとしても穏便にやり過ごすのがいいと思います。策に乗ると見せかけておけば、蛮族も油断してくれるかもしれませんし」

リーゼの一言に、一良《かずら》とナルソンがうんうんと頷く。

「ああ、それがいいだろうな。殿下やイクシオスたちにも、相談して決めるとしよう」

ナルソンが扉を開き、部屋を出て行く。

皆がぞろぞろとその後をついていくなか、リーゼがこそっとバレッタに歩み寄った。

「ねね、ちょっと待って。アロンドのことだけどさ」

「はい？」

バレッタが足を止める。

部屋には、バレッタとリーゼの2人きりとなった。

「もしかしたらさ、カズラが言うように、アロンドは本当に元から蛮族をけしかけるためにバルベールに侵入してたってことはないかな？」

バレッタの表情を窺うように、リーゼが聞く。

「どうしてそう思うんです？」

「だってさ、あの人が持ち出した設計図って確か、水車、唐箕《とうみ》、製粉機、鉱石粉砕機、スクリユープレス、あと新型ハーネスでしょ？　鍛造機とか高炉の設計図だって、あの人の立場なら上手くやれば持ち出せたのに、そうしなかったよね？」

「そうですね」

「でしょ？　それに、バルベールで新型ハーネスが使われ始めたって報告もないし。あんな目立つもの、使ってたらバレないはずがないよ。しかも、アロンドがいなくなった時に、あの人の今後の業務予定を分かりやすくまとめた資料まで、あの人の部屋に置いてあったじゃん。おかしくない？」

「はい、おかしいですね。軍事的に大きく役立つ設計図は渡していないようにも思えますし、彼が消えた後のイステリアの事業に支障が出ないように資料を用意したと考えられます」

すぐに頷くバレッタに、リーゼが小首を傾げる。

「え？　じゃあ、本当はバレッタもアロンドは裏切ってないかもって思ってたりするの？」

「はい。でも、あの人は信用できませんから。まともに相手をする必要はありません」

きっぱりとバレッタが言い切る。

そのどこか迫力のある声色に、リーゼが少し引き気味になる。

「う、うーんと……それって、前にアロンドがカズラをバカにした……から？」

以前、バレッタがアロンドに口説かれた際に、彼が一良《かずら》を貶す発言をしたという話をリーゼは思い返す。

アロンドがどういう台詞を吐いたかまではリーゼは聞いていなかったが、かなり酷い貶し方をしたようなことをバレッタは言っていた。

「ええ。カズラさんをあんなふうに貶した人なんて、私は絶対に信用しません」

吐き捨てるように言い、そのままスタスタと部屋を出て行ってしまった。

「うーん……でも、こんなことするつもりだったなら、どうしてバレッタを口説いたりカズラを貶すようなことを言ったんだろ？　感情に任せてそんなことするほど、あの人はバカじゃないと思うんだけどなぁ」

リーゼは合点がいかない顔で首を傾げ、バレッタの後を追うのだった。


その頃、部屋に戻されたティティスとフィレクシアは、テーブルを挟んでイスに座り、一息ついていた。

「うう、痛い……あのシルベストリアって人、いくらなんでも乱暴すぎますよ」

フィレクシアが真っ赤になった右腕を摩る。

かなりの力で握られたようで、くっきりとシルベストリアの指の後が赤く残っていた。

「フィレクシアさんがあんな真似をするからです。下手すれば殺されてもおかしくない立場なのですから、今後は注意してください」

やれやれといった顔のティティス。

自分もセレットに腕を捻り上げられて、肩を少し痛めてしまっていた。

「それにしても、アルカディアの女性兵士は相当の鍛錬を積んでいるようですね。握られただけで、腕がそんなふうになるなんて」

「本当に腕を潰されてしまうかと思いました……いたた」

フィレクシアが腕を摩り、ため息をつく。

「ウリボウたちを使役しているのもそうですけど、アルカディアはどうなっているんでしょうかね？　南の海を越えたどこかの国から、技術協力でもされているのでしょうか？」

「そうですね……11年前は4カ国共同で我が国とやっと戦っていたような小国が、たった5年でここまで強力になるなんて。先ほどナルソン様が言っていましたが、神の助力というのもあながち嘘ではないかもしれませんね」

ティティスの言葉に、フィレクシアが顔をしかめる。

「ティティスさん、神様なんてこの世にはいないのですよ。もしいるのなら、この世界から争いや貧困はすべて消え去っていないとおかしいじゃないですか」

「冗談ですよ。怒らないでください」

「まったくもう……そういえば、ティティスさん。ジルコニア様を探していましたけど、何かお話ししたいことでもあるんですか？」

フィレクシアの質問に、ティティスが暗い顔になる。

「……ええ。アーシャさんの件について、聞きたいことがあって」

「アーシャさん？　どうして彼女を殺したのかってことですか？」

フィレクシアが小首を傾げる。

「アーシャさんのことは、ラースさんが言ってたじゃないですか。彼女がジルコニア様に、『殺してやる』って宣言してしまったからだって」

「はい。ですが、そのことについてどう思っているのかな……って」

ティティスの目に涙が滲む。

短い期間ではあったが、親しく話す友人として、ティティスはアーシャのことがとても好きだった。

同性で日頃から言葉を交わすのはフィレクシア以外には彼女しかおらず、とても真っすぐな心を持つアーシャは肩の力を抜いて話せる数少ない友人だったのだ。

それに、彼女が殺されてしまったのは、カイレンがマルケス将軍を殺そうとして、ジルコニアと共謀したことが原因だ。

心から信頼していたカイレンの非情な行いに、ティティスの心は酷く疲弊していた。

「ティティスさん、仕方がないことだったのですよ。カイレン様にもジルコニア様にも事情があったのですし、今さらそれを掘り返すのはよくないですよ」

「分かっています。それでも、どうしても聞きたくて」

「むう……私が言えた義理じゃないですけど、ジルコニア様の返答次第ではティティスさんがジルコニア様に食ってかからないか、私は心配なのです」

フィレクシアが困り顔で言う。

「毒の兵器を使うかどうかでも私は言いましたけど、一番厄介なのは怨恨なのですよ。もし何かあったら、今度はティティスさんがジルコニア様に殺されかねませんよ？」

「……フィレクシアさんは、気にならないのですか？　アーシャさんと、あんなにも仲良くしていたじゃないですか！」

ティティスがフィレクシアを睨み、声を荒らげる。

「友人が、無残にも殺されてしまったのですよ⁉　それも、カイレン様の策が原因で！」

「ティティスさん、優先順位なのですよ」

フィレクシアが心配げな顔でティティスを見る。

「私だって、アーシャさんのことは好きでした。でも、彼女は死んでしまった。そして、私たちはアルカディア軍の捕虜になっています。やりたいことと、やるべきことは別個に分けて考えないと、未来が閉ざされるのですよ」

「……フィレクシアさんは、冷静なんですね」

ティティスが声のトーンを落とし、うつむく。

そんな彼女に、フィレクシアは少し寂しげに微笑んだ。

「いいえ。私はただ、薄情なだけです。カイレン様にどうやったら気にかけてもらえるかってことが1番で、他のすべての優先順位を下げているだけですから」

フィレクシアが赤く腫れた腕をさする。

「カイレン様に大切に想ってもらえるのなら、他はどうでもいいです。『フィレクシアのおかげで今の自分がある。俺にはフィレクシアが一番大切だ』と心から言ってもらえるのなら、その後殺されても文句はないのですよ」

「……どうして、そこまで？」

「私は、忌み子なのですよ」

ティティスが顔を上げ、フィレクシアを見る。

彼女はうつむき、腫れた腕を撫で続けていた。

「父は蛮族。母親はその人に犯されて、生まれてきたのが私です。母は私を産んですぐに病死だか殺されたかで、私は顔も見たことがありません」

「……」

「8歳くらいまで、家畜同然の扱いをされてはいましたが、どうにか生きていられるくらいの食べ物は与えてもらえてました。でも、すぐに熱を出して寝込んでしまう私を、村の人たちは役立たずだと見限ったのでしょうね。真冬の森の中に捨てられてしまったんです」

「……そこを、カイレン様に救ってもらったのですか？」

「はい。偶然、軍団の兵士さんが見つけたと聞いています。気が付いた時には、兵舎のベッドに寝かされていました」

フィレクシアがその当時を思い出すように、目を細める。

「目を開いた私に、カイレン様は『おっ、気が付いたか？』って、微笑みました。私が人生で最初に目にした、自分に向けられる温かい笑顔でした」

言葉を失うティティス。

今までフィレクシアの出自については何も知らなかったし、初めて顔を合わせたのもここ1年ほどだ。

カイレンが彼女のことを話題に出すこともそれまでなかったので、それまでその存在すら知らなかった。

初めて顔を合わせた時に「誰よ、この女」、とばかりに彼を問い詰めたのだが、彼は「話題に出なかっただけで、隠してたわけじゃないって」と困り顔をしていた。

あの時の彼の表情からして、あれは本心だろうとティティスは思っている。

「体調を回復した後、私は首都に送られました。カイレン様の旧知のかたの家でお世話になっていたのですが、お願いしてお仕事のお手伝いをさせてもらうことになったんです」

「それで、職人の道に進むことになったのですか」

ティティスの言葉に、フィレクシアがにっこりと微笑む。

「はい。私は、見捨てられないようにって必死だったのですよ。もしこの人たちに嫌われたら、また捨てられてしまうかもって」

でも、とフィレクシアが続ける。

「カイレン様は首都に来るたび、私の様子を見に来てくれました。あれができるようになった、これができるようになったと言うたびに、『やるじゃないか。その調子だぞ』って頭を撫でてくれたんです」

嬉しそうに言うフィレクシアに、ティティスの表情が和らぐ。

カイレンの温かい面を聞くことができて、ほっとしている自分がいることに気がついた。

「それで、カイレン様に褒めてもらうことが私の目標になりました。もっと褒めてもらいたい。カイレン様に必要とされたい。カイレン様を独り占めしたいって思うようになったのですよ」

「……そうでしたか。そんなことが——」

「だから！　やっとカイレン様に呼んでもらえて大喜びで軍団に来た時にティティスさんを見た時は、私は白目を剥くくらいショックだったのですよ！」

突然憤慨した様子で叫ぶフィレクシアに、ティティスが口を半開きにしたまま固まる。

「私がいない間にカイレン様をたらし込んでいたなんて！　ちょっとスタイルがいいからって、調子に乗らないでください！　ティティスさんが親切な人じゃなかったら、毒を盛ってやっているところだったのですよ！」

「え、きゅ、急に何を」

「カイレン様と結婚するのは私なのです！　絶対に奪い返してやりますからね！」

「フィレクシアさん、落ち着いて――」

「やかましい！　大声で喚くな‼」

バン、と扉が開いて憤怒の形相のセレットが姿を見せ、ティティスとフィレクシアがびくっと体を跳ねさせる。

セレットの後ろでは、「ああっ」とシルベストリアが残念そうな顔でセレットに小さく手を伸ばしていた。

「次に騒いだら、飯抜きにするぞ！　分かったか⁉」

「申し訳ございません。もう騒ぎませんので」

「ご、ごめんなさいです」

ふん、とセレットが2人を睨み、乱暴に扉を閉める。

扉の向こうから微かに、「いいとこだったのに……」と残念がるシルベストリアの声が2人の耳に届いたのだった。


その日の夜。

北の防壁上で、ナルソンと一良《かずら》は2人並んで双眼鏡をのぞいていた。

隣にはイクシオスが控えており、無線機を手にしている。

「……うむ、そうか。了解した。通信終わり」

イクシオスがナルソンに目を向ける。

「バルベール軍の後方が動き出したようです。二手に分かれているようで、進路は北と東です」

「そうか、それは好都合だな。北に向かった敵は、蛮族に相手をしてもらうとしよう」

ナルソンが双眼鏡をのぞいたまま答える。

すると、防壁の階段を1人の兵士が駆け上がって来た。

「ナルソン様。カイレン将軍からの使者が到着しました」

兵士が差し出した書状をナルソンが受け取り、開く。

内容は、「約束通り全軍を撤退させるから手出しはするな」、ということと、「くれぐれもティティスとフィレクシアは丁重に扱ってほしい」、というものだ。

ナルソンは兵士を下がらせ、一良《かずら》に顔を向けた。

「すべて予定通りです。彼らが全員この場所を去った後、丸1日時間を置いてから彼らの後を追います」

「ムディアのクレイラッツ軍と挟み撃ちってことですね」

「正確には、我が軍はムディアの北側に向けて進軍を行う予定です。挟み撃ちというよりは、バルベール軍の北と東を押さえるかたちになります」

「敵の退路を断った後は？　一気に攻撃を仕掛けますか？」

「いいえ。敵は補給を絶たれておりますので、ギリギリまで干上がらせます。だらだらと交渉して可能な限り弱らせて、じわじわとなぶり殺しにするのがいいかと」

「なるほど。ティティスさんとフィレクシアさんは連れて行くんですか？」

「はい。彼女らがいれば、カイレンは攻撃を躊躇《ちゅうちょ》するでしょうから。２人いるというのも、好都合ですな」

冷たい声色でナルソンが言う。

「……逆らえば、とりあえずどちらかを殺すぞ、と脅すんですか？」

「そうです。さて、カイレン将軍がどう動くか見ものですな」

「もしカイレン将軍が、交渉を拒否したり総攻撃をかけようとしてきたら、本当に彼女たちを殺すんですか？」

「殺しますが、まず先にフィレクシアを殺そうかと。カイレン将軍はティティス秘書官に執着しているそうなので、フィレクシアを殺して見せれば動揺すると思いますので」

生々しいことを言うナルソンに、一良《かずら》が唸る。

そんな一良《かずら》を、ナルソンは横目で見た。

「賛成できませんか？」

「……ええ。甘い考えなのは分かってはいるんですけど、殺す前に……痛めつける様子を見せつけるとか、それくらいで何とかできませんか？」

「それは、彼女らが可哀相だから、という理由でしょうか？」

「それもありますが、この先のことを考えると悪手に思えてしまって」

「というと？」

「例えば、フィレクシアさんを殺した後に、万が一カイレン将軍が首都に逃げ延びた場合です。アルカディア憎しでカイレン将軍が蛮族に対して何らかの条件付きで降伏、もしくは講和するかもしれません。そうなると、こちらは2つの巨大な勢力を相手に戦い続けないといけなくなるかもしれないです」

一良《かずら》はジルコニアから、フィレクシアがカイレンとかなり親密そうだという話を聞いていた。

自らカイレンのためにと独断で砦にやって来たティティスにくっ付いて来たことからも、それは確実だろう。

カイレンの動きを抑制するために見せしめとしてフィレクシアを殺害した場合、その場ではカイレンはこちらの指示に従うかもしれないが、おそらく自分たちに対してすさまじい憎悪を持つことになる。

蛮族の動きと戦力が未知数である以上、国の最高司令官であるカイレンに必要以上の憎悪を持たせるのは危険なのではと考えていた。

次の戦いで彼らを完全に撃滅して、カイレンの殺害も達成できれば問題はないのだが。

もちろん、言葉を交わした彼女たちが無惨に殺される姿を見たくないという、個人的な感情もあった。

「ふむ。その可能性もありますな」

ナルソンが少し感心した様子で頷く。

「大幅な領土の割譲と食料提供を条件に講和を申し出れば、蛮族としても旨味しかありませんからな。その可能性は大いにありそうです」

「でしょう？　元老院はズタボロなはずですし、カイレン将軍の市民からの人気もあって、今は彼の独裁状態だと思うんです。彼女たちの扱いは、慎重にしたほうがいいかなって」

「上手く使えば、今カズラ殿がおっしゃった状況と逆の状況を、我々が手に入れる可能性もあるわけですね」

「はい……すみません。素人のくせに、分かったような口を利いて」

「いやいや、大変参考になりました。彼女たちをどのように扱うか、慎重に検討してみましょう」

一良《かずら》とナルソンが話していると、バレッタが階段を駆け上がって来た。

「ナルソン様」

「バレッタか。どうした？」

「部族軍からグレゴルン領に、新たな書状が届きました。これが全文です」

バレッタがメモ紙をナルソンに手渡し、ナルソンが目を通す。

一良《かずら》も横からのぞき込んだ。

「まだ1日も経ってないのに、また書状ですか。何て書いてあるんです？」

「少々お待ちを……ほう」

ナルソンが感心した様子で、一良《かずら》とイクシオスを見る。

「港湾都市ドロマをバルベール海軍が襲撃しているとのことです。戦闘結果は不明です」

「グレゴルン領の海域から姿を消した海軍によるものですな。今書状が届いたということは、数日のズレはあるでしょう」

イクシオスがナルソンからメモ紙を受け取り、目を落とす。

「この情報は信頼できると思います。敵の艦隊はしばらく戻ってこないでしょうし、こちらからも最寄りの港湾都市を襲撃してみては？」

「ああ。陸と海から総攻撃をかけさせよう」

「それがよろしいかと。不穏な動きが見られたら、即時撤退するよう厳命すべきですが」

「そうだな」

ナルソンが無線機を手に取り、宿舎の屋上にいる連絡係と話し始める。

「それじゃあ、俺はそろそろ戻りますね。バレッタさん、行きましょうか」

「はい」

そうして、一良《かずら》はバレッタとともに階段へと向かうのだった。

「バルベール軍はどうにかなりそうですね」

コツコツと石造りの階段を下りながら、一良《かずら》がバレッタに笑顔を向ける。

「ムディアに向かうバルベール軍は袋のネズミになりますし、海軍は蛮族が相手をしてくれる。順調にいけば、遠からず戦争が終わるかも」

「それはまだちょっと気が早いですよ。北西の部族が敗れてドロマが再占領されたら、彼らの動きは鈍ってしまうでしょうし」

「それはそうですけど、アイザックさんが今プロティアとエルタイルに向かってるじゃないですか。２カ国がこっち側に付けば、大勢は決まりかなって」

「うーん……部族の人たちが手のひらを返すこともありえますし、楽観するのは危険ですよ。カイレン将軍と部族が手を組む可能性だってあるんですから」

バレッタはそう言うと、一良《かずら》の表情を窺うように目を向けた。

「カズラさん、まだ先の話になりますけど……戦争が終わった後に、ナルソン様やルグロ殿下に、街に残るようにとか、王都で暮らすようにってお願いされたらどうしますか？」

「うーん……それはバレッタさん次第ですかね」

「え？」

　きょとんとするバレッタに、一良《かずら》が苦笑を向ける。

「バレッタさんが王都とかイステリアで暮らしたいって言うなら、俺もそうしますよ。村に帰るなら、一緒に帰りますから」

「カズラさん……」

「そういえば、ルグロに講師をしてくれって頼まれた件、断ったんですか？」

「あっ……まだ断ってなかったです」

「そっか。いっそのこと引き受けちゃって、王都で出世街道に乗るってのもありなんじゃ？　グリセア村から、王家付き講師の爆誕――」

「い、いえ！　絶対に断りますから！　出世なんて、これっぽっちも興味ないですよ！」

「あはは、冗談ですって。でも、一度王都には遊びに行きたいですね。ルグロに美味しいフルーツタルトのお店を紹介してもらうって約束がありますし」

　そう言って階段を下りきった時、階段の陰から、ぴょん、とリーゼが飛び出した。

「そうだね！　戦争が終わったら、フライシアだけじゃなくて王都にも旅行に行こっか！」

「わあっ⁉」

　驚いてのけ反る2人に、リーゼが「にしし」といたずらっぽい笑みを向ける。

「驚いた？」

「お、驚くに決まってるだろ！」

「び、びっくりしました……」

「あはは。ごめん、ごめん。で……さ」

リーゼが一良《かずら》とバレッタに、少し寂しそうな目を向ける。

「戦争が終わったらさ。２人とも、どうするの？」

「「……」」

リーゼの縋《すが》るような問いかけに、一良《かずら》とバレッタが口ごもる。

「……私は、カズラとバレッタと、これからもずっと一緒にいたいな」

そして、リーゼは表情を変えてにこっと微笑んだ。

「カズラがこっちでずっと暮らせるように、お米とか野菜を育てる農場をどうにかして作ってさ。グリセア村までの道もきちんと舗装して、いつでも簡単に行き来できるようにするの。それなら、カズラも少しは安心できるでしょ？」

「それはまあ……そうだけど」

「でしょ？　カズラが安心して暮らせるように、私、頑張るからさ。日本に帰っちゃうなんて、言わないでね？」

「……それなんだけど、俺はグリセア村で暮らすつもりなんだ。イステリアに、ずっといるつもりはない」

言い切る一良《かずら》を、バレッタが驚いた顔で見る。

リーゼは表情を変えず、うん、と頷いた。

「それでもいい。カズラがこっちの世界にいてくれるなら」

リーゼはそう言うと、一良《かずら》の手を握った。

「宿舎に戻ろ？　もう夕食ができたみたいだよ」

そう言って、一良《かずら》の手を引き歩き出す。

一良《かずら》とバレッタは顔を見合わせ、リーゼに連れられて宿舎へと向かったのだった。


翌日の昼。

昼食を終えた一良《かずら》は、北の防壁でオルマシオールとバルベール軍を眺めていた。

バルベール軍は続々と移動しているようで、大量の荷馬車が東に向かって行く様子が遠目に見える。

一良《かずら》はオルマシオールの顎の下を、もふもふと撫でている。

『すべて順調か』

ぞろぞろと移動する軍勢を眺めながら、オルマシオールが言う。

『伝令はすべて仕留めているが、もうしばらくすれば、連中も異変に気づくのではないか？』

「ですね。もしかしたら、伝令の数を増やして首都に送り出すかもしれません。それも仕留められますか？」

『数による。だが、我らが姿を見せれば、ラタは怯えて使い物にならなくなる。徒歩にさせてしまえば、伝令としてはほぼ無力化したと考えてもよかろう？』

「あ、なるほど。バルベール軍が壊滅するまで時間を稼げればそれでいいんですし、問題ないですね」

『大軍で来られると、さすがに足止めは厳しいがな。おい、もっと強く撫でてくれ。それだとくすぐったいだけだ』

オルマシオールが顎を少し前に伸ばしながら、横目で一良《かずら》を見る。

「ええと、これくらいですか？」

『いや、もう少し強くだ。爪を立てるくらいのつもりで……ああ、いい。実にいい。そのまま、そのまま』

「は、はあ」

「カズラ様！」

気持ちよさそうに目を細めるオルマシオールを一良《かずら》が撫で続けていると、防壁の下からエイラが声をかけてきた。

「エイラさん、どうかしました？」

「ティタニア様から無線連絡がありました。カズラ様とお話がしたいとのことです。今、ジルコニア様がお話ししています」

「分かりました。すぐ行きますね」

『連れて行ってやる。乗れ。私の毛をしっかりと掴んでいろ』

「あ、はい」

伏せの体勢になったオルマシオールの背に一良《かずら》が跨ると、オルマシオールは、ぴょん、と跳ねてエイラの前に着地した。

再び伏せの体勢になり、エイラを見る。

「ひゃあ⁉」

『お前もカズラの後ろに乗れ』

「えっ」

「エイラさん、乗ってください」

「は、はい。ええと……」

侍女服姿で跨るとスカートが捲れて大変なことになってしまうので、エイラはイスに腰掛けるようなかたちで一良《かずら》の後ろに乗った。

『しっかりカズラに抱き着いていろ』

言うが早いか、オルマシオールは風のような速さで宿舎へと向けて走り出した。

エイラが慌てて、一良《かずら》の胸に両手を回してしがみつく。

「ひゃあああ⁉」

「うわあ⁉　オルマシオールさん、速いですって！　もっとゆっくり！」

『しっかり掴まっていれば問題ない』

悲鳴を上げる一良《かずら》とエイラを背に乗せて、オルマシオールが砦内を駆け抜ける。

オルマシオールの背で大騒ぎしている2人の姿を、すれ違う人々は「楽しそうだなぁ」と微笑ましく見送っている。

あっという間に宿舎の前にたどり着き、オルマシオールは、にやりとした顔で一良《かずら》たちを振り返った。

『3つ数えたら屋根まで跳ぶぞ。振り落とされるなよ？』

「は？　ちょ、ちょっと待――」

「無理無理無理無理です！　落ちちゃいますよ！」

『なら、もっとしっかりカズラにしがみ付け。いち、にの、さん！』

「「わひゃあああ⁉」」

一良《かずら》とエイラの絶叫とともに、オルマシオールは宿舎前の2階建ての建物の屋根へと大きくジャンプした。

だんっ、と大きな音を響かせて屋根に着地し、すぐさま宿舎の屋上へ向けて再び跳ぶ。

絶叫を聞いて何事かと屋上から顔をのぞかせたジルコニアの目の前に、突如としてオルマシオールの巨大な顔が現れた。

「はひゃあああ⁉」

『うおお⁉』

びくん、と身を硬直させて悲鳴を上げるジルコニア。

オルマシオールも突如として目の前に彼女の顔が現れたものだから、びっくりして目をひん剥いた。

彼女を飛び越えながらぶつからないようにと、とっさに足を折りたたんだ結果、『へぶっ⁉』と間抜けな声を漏らして、顔から屋上に着地してしまった。

「ひぃぃ……何なのよ、もう……」

へたり込んだジルコニアが、半泣きで背後を振り返る。

ぴくぴくと痙攣するオルマシオールの背中では、ガクガクと震える一良《かずら》に腰を抜かしたエイラが、涎をたらしながらしがみついていた。


数時間後。

窓から夕日の差し込む宿舎の食堂で、人の姿のティタニアが、一心不乱に料理を頬張っていた。

ステーキ（神戸牛）、ピザ、から揚げ、オムライス、小籠包、グラタンといった、様々な料理が所狭しとテーブルに並べられている。

「んぐっ、おいしっ、美味しいれふねっ！　はふはふっ！　んまっ！」

「ティタニアさん、もっとゆっくり食べたほうが……料理は逃げませんから」

「はむっ！　はふはふっ！　んぐっ、今っ、食べないとっ、死んじゃうんですっ！　もぐもぐもぐ！」

頬をぱんぱんに膨らませ、ティタニアが料理にがっつきながら一良《かずら》に言う。

数時間前にきた彼女からの無線連絡は、「明日に砦を出撃するって、ご褒美はいつもらえるんですか⁉」、という、彼女的には非常に切実なものだった。

ちょうどオルマシオールがやらかしたこともあり、グリセア村の若者を1人同行させるというかたちで、ひとまず任務交代ということになったのだ。

ティタニアは連絡を受けるなり、荒野を全速力で駆け抜けて砦に帰還し、こうしてご褒美の料理にありついたというわけである。

いつもの物静かな立ち振る舞いからは想像もつかないようながっつきっぷりに、一良《かずら》は目を丸くしていた。

「そ、そんなに飢えてたんですか。苦労かけちゃってすみませんでした……」

「んぐっ……毎日ラタばかり食べていたので、本当に飽き飽きしていたんです。お腹は一杯になっても、全然満たされなくて」

口の中のものをごくんと飲み込み、ティタニアが一息つく。

「あれ？　持って行った食料は食べなかったんですか？」

「だって、あの子たちが毎日ラタを仕留めて持って来るので……狩った獲物を食べないだなんて、もったいないじゃないですか」

「ああ、そういうこと……ひょっとして、殺した兵士も食べたんですか？」

「いえ、人間はどうも食べる気がしなくて。あの子たちも食べないので、死体は山の岩場とかの目立つところに置いてきました。きっと、鳥たちが食べてくれているでしょう」

「な、なるほど」

「ここでの料理の味を知ったら、他の食べ物が味気なく感じてしまって。あ、殺した兵士たちの魂は、きちんと天に送っておきましたよ」

「ありがとうございます。今まで頑張った分、たくさん食べてください。どんどん運ばれてきますから」

「はい！」

そんな話をしながら一良《かずら》がティタニアの食事姿を眺めていると、エイラがカートを押して部屋に入って来た。

「ティタニア様。フレンチトーストです」

「ありがとうございます！　山盛りですね！」

大皿に6段重ねになっているフレンチトーストの山に、ティタニアがぱっと瞳を輝かせる。

天辺にはバニラアイスまで載っているという豪華版だ。

ティタニアはすでに10人前近くの料理を食べているのだが、まだまだ入るようだ。

胃袋のサイズは獣の姿の時のものが基準になっているのかもしれないな、と一良《かずら》は涎を垂らしているティタニアを見ながら思った。

「あっ、エイラさん。こっちに帰ってくる時にオルマシオールから聞きましたが、大丈夫でしたか？」

フレンチトーストの皿を置くエイラに、ティタニアが申し訳なさそうな目を向ける。

「あ、はい。びっくりしただけですので、大丈夫です」

「本当にごめんなさいね。後でオルマシオールにはきつく言っておきますので。まさか、漏らすほどに驚かせるなん——」

「わあああ!?」

言いかけたティタニアの口を、エイラが慌てて両手で押さえる。

実は、エイラは恐怖のあまりにオルマシオールの背で漏らしてしまっていたのだが、わちゃわちゃしているうちに上手いこと屋上から抜け出して、一良《かずら》とジルコニアにはバレずに済んでいた。

ティタニアの余計な一言で、すべて台無しになってしまったのだが。

「いやあ、このから揚げ、すごく美味しいですね！　あれ？　エイラさんどうしたんです？」

一良《かずら》がから揚げを手掴みで食べながら、素知らぬ顔をエイラに向ける。

漏らした発言は思いっきり聞こえていたのだが、大人の対応である。

「ううぅ……何でもないです。ぐすっ」

エイラは涙目でそう言うと、がっくりと肩を落としてカートを押して部屋を出て行った。

「……あの、何かごめんなさい」

「いや……うん。フレンチトースト、どうぞ」

「はい……」

微妙な雰囲気のなか、ティタニアがナイフとフォークでフレンチトーストを切り分ける。

「もぐもぐ……あの、明日の出撃後についてなのですが」

フレンチトーストを頬張りながら、ティタニアが一良《かずら》を見る。

「北の部族がこのままバルベールを攻撃し続けると、遠からず首都に到達すると思います。こちらは、どう対処するつもりなのですか？」

「まだ決まっていませんけど……蛮族軍って、そんなにバルベール軍を圧倒してるんですか？」

「偵察に出した子たちの話では、蛮族軍はすさまじい勢いで進軍しているらしいです。バルベール軍はすべての戦線で後退しているようですね。あと、撤退しながら、自分たちの村や街を焼き払っているそうでして」

「む、焦土戦術か。バルベールは国土が広いから、懐に誘い込むつもりなのかな」

「焦土戦術？　それはどんなものなのですか？」

「相手に物資とか施設を渡さないために行うもので――」

一良《かずら》が焦土戦術について、かいつまんで説明する。

焦土戦術とは、敵に食料などの物資や拠点となる施設を渡さないように、攻撃を受ける前にすべての物資とインフラを破壊して後退するというものだ。

バルベール北部は寒冷気候のため、南部に比べて食料生産量は少ないだろう。

大軍を率いている蛮族軍としては、悩ましい戦術のはずだ。

昨年の秋から冬にかけては北部地域では豆類が豊作だったようだが、現時点でそれらの作付けが終わっているのかは微妙なところだ。

収穫前の麦類も、おそらく農地ごと焼き払われているだろう。

「なるほど、実に効果的な戦術ですね。慣れない土地で食べ物も手に入らないとなれば、いくら士気が高くても動きが鈍りそうです」

「蛮族って、そんなに士気旺盛なんですか？」

「元気なうちはすさまじいですね。11年前の戦いでもそうでしたが、彼らは短時間の戦闘では爆発的な勢いがあるんです。逆に戦闘が長引いてしまうと、一気に弱気になってしまうようですが」

蛮族の兵士たちは元気なうちは士気旺盛で迅速かつ猛烈な攻撃を仕掛けるが、疲労が蓄積してきたり想定外の損害を受けると、穴の開いた風船のごとく一気に士気がしぼんで壊走してしまう。

これは、彼らの軍のありかたに寄るものが大きい。

彼らは個人の武勇を持ってバラバラに好き勝手に戦うため、押せ押せで攻めている時はいいが、一度劣勢に陥ると組織だった戦線の維持や土壇場での踏ん張りが利かないのだ。

それに対してバルベール軍は厳格な規律の下で各部隊ごとに連携して戦うため、よほど破滅的な劣勢状態にならない限りは壊走しない。

ただし、常に一塊になって戦うバルベール軍にとって、隊列も作らずに四方八方から攻めかかる蛮族軍は天敵のようなものだ。

状況によってはどこを正面と見て戦えばいいのかも難しくなるし、判断を迷っているうちに強制的に乱戦に持ち込まれてしまう。

そうなれば指揮も何もあったものではないので、バルベール軍は本来の力を発揮できないのだ。

バルベール軍が兵士に長槍を持たせず、短剣と大盾を採用しているのは、乱戦では槍よりも取り回しのいい短剣が有効だからである。

「今、どこの国でもすごい勢いで木々が切り倒されています。このまま戦争が長引けば、かなりの森林がなくなってしまうでしょう。早く戦争が終わるといいのですが」

フレンチトーストを口に運ぶ手は止めずに、ティタニアが少し暗い顔で言う。

「バルベールは植林を全然していないんですっけ」

「はい。数十年前までは、もう少し考えて伐採を行っていたのですが。最近は、もうなりふり構わずといった感じです」

「うーん……同盟国を占領すれば森林が手に入るからいいやって、考えてるのかもですね」

「なるほど。そういった考えもあるかもしれませんね」

そうして話していると、エプロン姿のバレッタがカートを押して部屋に入って来た。

生クリームがたっぷり載ったプリンとフルーツポンチの器がカートに載っている。

「ティタニア様、デザートです。あの、エイラさんが泣きながら戻って来たのですが……」

「お、お察しください……」

「本当にごめんなさい……」

「え、ええ……？」

沈んだ様子で言う一良《かずら》とティタニアに、バレッタはわけが分からず困惑するのだった。

翌日の夕方。

砦内では、着々と出撃の準備が進められていた。

偵察隊としてロズルー率いるグリセア村の若者たちが先に出撃しており、バルベール軍最後尾を監視しながら彼らの斥候の尾行も行っている。

逃げて行くバルベール軍に追尾を気取られるわけにはいかないので、丸一日分は離れた状態で軍を進める予定だ。

バルベール軍はかなり焦っているのか、すでに最後の軍団が昨夜の日没とともに移動を開始したとのことだった。

攻城兵器は焼き捨てたとみられ、もくもくと立ち上る黒煙が砦内から視認できる。

あの大軍をこれほど迅速に撤収できるのは、彼らの厳格な統制があってこそだろう。

そんななか、一良《かずら》は宿舎の一室で、エイラとマリーに鎧を着せてもらっていた。

リーゼは一良《かずら》用の長剣を手に、その様子を眺めている。

「終わりました。着心地が変なところはありませんか？」

エイラがぎゅっとズボンのベルトを締め終わり、一歩下がる。

「大丈夫です。でも、やっぱり着慣れないから変な気分ですね。違和感がすごいですよ」

「ふふ。でも、お似合いですよ。すごく格好いいです」

「そうだよ。もう惚れ惚れしちゃうくらい似合ってるって！」

一良《かずら》の背を、ぽん、とリーゼが叩く。

昨日の一件の後もリーゼは普段どおりで、いつものように明るい笑顔を見せていた。

バレッタとの仲も相変わらずで、何事もなかったかのように接している。

「そうかなぁ。どう見ても鎧に着られてるような気がするんだけど」

「そんなことないって。はい、剣」

リーゼが剣を一良《かずら》に渡す。

それは、以前一良《かずら》の父親が持たせたキャリーケースに入っていたものだった。

「あれ？　これ、父さんの剣じゃんか」

「うん。バレッタが他の荷物と一緒に持ってきてたみたい。せっかくだし、どうかなって。ベルトも付けておいたよ」

「そっか。ありがとな」

一良《かずら》が剣を受け取り、腰に装着する。

いつも付けている剣とは違い、少し軽く感じた。

「その剣、すごく使い込まれてるように見えるけど、カズラのお父様って剣士なの？」

「いいや、普通のおっさんだよ。俺と違って、やたらと筋肉質でがっちりしてるけどさ」

「ふーん……でも、こっちの世界のことを知ってるんだから、こっちに来てたってことだよね？」

リーゼが一良《かずら》の剣に手を伸ばし、すらりと抜く。

銀色に輝く刀身はしっかりと手入れがされているが、所々に細かい傷が見られた。

「傷がたくさんあるし、きっと誰かと戦ったんだよ。それも、かなりの回数を」

「うーん……グリセア村に来たなら誰かしら目撃者がいるだろうし、来てはいないと思うぞ。剣は試し切りでいろいろ斬ったって言ってたから、傷はそのせいだろ」

「この傷、試し切りで付く傷じゃないと思う。誰かと打ち合わないと、こうはならないよ」

リーゼが「ほら」と刀身を一良《かずら》に見せる。

「ここも、少しギザギザになってるでしょ？　これは誰かと打ち合ってできたものだと思う。先端も研ぎ直してあるけど、少し歪んでるし、何かすごく硬い物を突いたように見えるよ」

「そうなのか。でも、何を聞いても教えてくれないし……実は父さんのことをナルソンさんは知ってて、皆で口裏合わせて、隠してたりしてないよな？」

「そ、それはさすがにないと思うけど……隠すメリットなんて、何もなくない？」

そう言いながら、リーゼは剣を一良《かずら》の腰に戻した。

「だよなぁ。うーん、いつか本当のことを聞ける日がくるのだろうか」

「もし聞けたら、私にも教えてね？　あと、カズラのお父様にも会ってみたいな」

「ああ。そのうちな。父さんがこっちに来てくれればいいんだけど」

そんな話をしていると、コンコン、と扉がノックされた。

扉が開き、ジルコニアが入って来る。

彼女も、鎧姿だ。

「カズラさん、そろそろ出撃しますよ」

「はい。それじゃあ、行きますかね」

一良《かずら》がジルコニアの下へと歩み寄る。

「ふふ。鎧姿、すごく似合ってますよ。格好いいです」

「はは、お世辞でも嬉しいですよ」

「お世辞なんかじゃないのに……あら？　その剣、いつものとは違いますね？」

ジルコニアが一良《かずら》の腰に目を向ける。

「父のなんです。しばらく前に、『役に立ちそうなものをいろいろと入れておいた』って言って渡されたキャリーケースに入ってて。ジルコニアさんにあげた防刃ベストも、その一つですよ」

「そうだったんですか。これ、すごく着心地が良くて最高ですよね」

ジルコニアが自身の胸を、ポン、と叩く。

「今度、カズラさんのお父さんにお礼を言いたいです。こちらに来てもらうことはできないんですか？」

「うーん……呼んだとしても来るって言うかどうか」

「ダメもとで聞いてみてくださいよ。ねえ、リーゼ？」

「はい！　私もご挨拶したいです！」

「じゃ、じゃあ、戦争が終わったらということで」

せがむ2人に押され、一良《かずら》が承諾する。

一良《かずら》としても、父がこちらの世界に自分を送り出すような真似をした理由の確証がほしい。

もしかしたら、と考える理由はあることにはあるが、まさかな、という考えのほうが今は強いのだ。

来るのを承諾してくれたなら、そのことについても話してくれるかもしれない。

──でも、もし父さんがこの剣でそんな派手なことをしてたら、少しはこっちで噂になってそうなんだよな……。

そんなことを考えながら、一良《かずら》はジルコニアとともに部屋を出て行く。

「……ねえ、エイラ。重婚って、貴族なら認められてるんだよね？」

一良《かずら》の背を見送りながら、リーゼが小声でエイラに聞く。

「はい。貴族の男性であれば、申請金を支払えば複数の側室を家系に組み込むことが認められています。跡継ぎを決める関係で、序列は申告しないといけませんが」

「だよね。カズラに特例で貴族の地位を持ってもらえたら、私、側室にしてもらえないかな……」

「えっ？」

側室と聞き、エイラが驚いた顔になる。

マリーは「これは聞いてはいけないことを聞いてしまっているのでは」、とプルプルしていた。

「日本って重婚は認められてるのかな？　側室を持つのが当たり前な国だといいんだけど」

「そう……ですね」

思いつめた様子のリーゼに、エイラも真剣な顔で頷く。

「カズラとずっと一緒にいたいな……はあ」

リーゼがつらそうにつぶやいた時、一良《かずら》が廊下から顔をのぞかせた。

「どうした？　来ないのか？」

「今行く！」

リーゼが表情を明るいものに戻し、部屋を出て行く。

エイラはそれを、物憂げな表情で見つめていた。

約1時間後。

日が落ちて薄暗くなった砦の北門前では、大勢の兵士たちと大量の荷馬車がひしめき合っていた。

ムディアへと向けて撤退していくバルベール軍を追い、今から出撃するのだ。

兵士たちは全員が口を閉ざし、ナルソンの訓示に耳を傾けている。

「此度の進軍は隠密行動だ。バルベール軍に付かず離れず進軍し、奴らの退路を完全に遮断しなければならん」

大声で語りかけるナルソンに、兵士たちが「応！」と力強く返事をする。

「敵の伝令は、オルマシオール様がすべて仕留めてくださっている。敵は完全に盲目状態だ。兵士たちよ、勝機は我らの手の中にあるぞ！」

兵士たちが一斉に歓声を上げ、ビリビリと大気が震える。

皆の表情は自信に満ちており、勝利を確信している様子だ。

ナルソンの訓示が終わり、各部隊長が号令をかけ、順に城門をくぐり始めた。

先頭に立つのは、王都第１軍団長のミクレムだ。

城門の外では、ハベルが出陣の様子をハンディカメラで撮影している。

戦争が終わった折には、出陣する姿を撮影した写真を引き伸ばし、額に入れてミクレムとサッコルトにプレゼントすることになっている。

ルグロが「あの２人の性格なら絶対に喜ぶから、後でサプライズしようぜ」と一良《かずら》に提案したからだ。

王都では普段奔放なルグロに苦言を呈しつつも、なんだかんだで結局は立ててくれている２人に、ルグロは感謝しているとのことだった。

た。
丘を下るミクレムの背を城門の上から眺めながら、ルグロが一良《かずら》に話しかける。
ルグロの隣にはルティーナと子供たちもおり、城門をくぐる兵士たちに大きく手を振ってい
た。
彼女たちは、砦で留守番をすることになっている。
「やっぱりさ、どうにかして、バルベールと講和できねえかな?」
「次の戦い次第じゃない? 主力を壊滅させられれば、バルベールは南に軍がなくなるんだ
し」
「そこだよ。蛮族は首都を制圧するつもりなんだろ? もしこっちより先に首都を取られたら、
連中はバルベールの上半分を制圧したことになるだろ」
防壁のレンガの1つを、ルグロが指で横半分になぞる。
「そうなると、きっと連中は占領下の住民の家族を人質に取って、戦える人全員を無理矢理軍
に組み込むかもしれねえ。そうなると、とんでもないことになるぞ」
「……バルベールが南北に両断されて、もっと大きな戦争になるってことか」
「ああ。蛮族にとっては、別に殺されたっていい兵力が大量に手に入るんだからな。領土を取
れるだけ取ってやろうと考えて、その人らに無理矢理こっちに攻めさせるかもしれない。そう
なると、バルベールはもう滅茶苦茶だ。死体の山になるだろうな」
「なあ、カズラ」

「確かに、その可能性もあるね……」

ルグロの懸念どおりの事態になった場合、バルベールの広い国土を舞台に、戦争は長期化する可能性が高い。

そうなると心配になるのは、蛮族を追い立てているかもしれないという新たな勢力の存在だ。

同盟国と蛮族が潰し合って疲弊したところにその勢力が出現したら、と考えるとぞっとした。

「だろ？　俺としては、講和するならバルベールを完全に潰す前がいいと思うんだよ。俺ら同盟国とバルベールが手を組めば、少なくとも蛮族を止めることはできるはずだ」

「うーん……でもそれ、どう考えてもこっちの兵士たちは納得しないよね？」

11年前までの戦争の件と、休戦協定を破って砦を奪われたことによる怨恨はかなり根深い。

もしも話がまとまってバルベールと講和となったとして、互いに協力して蛮族に立ち向かうなどということができるだろうか。

「そりゃそうだけど、ええと……何ていったっけ？　蛮族のとこに潜り込んだ……アンドロ？　アンコロだっけ？」

「アロンドだよ」

「そう、そのアロンドって奴。ナルソンさんは『信用しない』って言ってたけどさ。そいつを上手いこと使って、蛮族とも講和ができねえかな？」

「この戦争を一度に終結させようってこと？」

驚く一良《かずら》に、ルグロが「そうそう」と頷く。

「蛮族は領土がほしい。バルベールは挟み撃ちのピンチから脱却したい。俺らは売られた喧嘩を買ってるって状態だろ？　全部の国が納得できる条件があれば、もしかしたらいけねえかな？」

「うーん……」

「アロンドって奴はアルカディア人なわけだしさ、どうにかして地獄と天国を見せることができれば、少なくともカズラには逆らわねえだろ。『地獄に行きたくなかったらどうにかしろ』って言ってさ」

「す、すごい無茶ぶりだけど……そうか、動画か」

一良《かずら》はすっかり失念していたが、確かに動画を見せればアロンドは指示に従うはずだ。もしよからぬことを考えていたとしても、死後に永遠の責め苦を受けるとなれば、考えを改めるだろう。

それに、やりようによっては、もっと上手く事を運べるかもしれない。

「そうだね。戦争の泥沼化なんて嫌だし、何とか考えてみようか」

一良《かずら》の返事に、ルグロの表情が明るくなる。

「ああ！　カズラが意見を出せば皆ちゃんと聞いてくれるだろうしさ。どうにかしようぜ！」

「うん。思い付きの案なんだけど、ちょっと相談したいことがあるんだ。後で時間くれる？」

「もちろんだ。この後はどうせ移動だけだし、馬車でゆっくりと――」

「カズラ殿、殿下。そろそろ我らも出立いたします」

話している一良《かずら》とルグロに、防壁の下からナルソンが声をかけてきた。

ラタに跨ったバレッタが2頭のラタの手綱を引いて、近くの階段へと歩み寄ってきている。

「今行きます。ルグロ、行こう」

「おう。皆、こっち来い」

ルグロが家族を呼び寄せる。

「行ってくる。帰って来るまで、ちゃんと待ってるんだぞ？」

「うん……気を付けてね。危ないことしちゃダメだよ？」

ルティーナが不安げな目でルグロを見る。

「大丈夫だって。カズラとオルマシオール様が一緒なんだ。何も心配するようなことはないさ」

「お父様、ご武運をお祈りしています」

「必ずや、勝利をお納《おさ》めください」

ルルーナとロローナがきりっとした表情でルグロを見上げる。

「ありがとな。ほら、2人ともおいで」

ルグロが膝をつき、両手を広げる。

ルルーナとロローナは、すぐに彼の胸に飛び込んだ。

「立派になってくれて、父ちゃんは嬉しいぞ。弟と妹の面倒をしっかり見ててくれ」

「っ、はい！」

「分かりましたっ！」

泣くのを堪えるような声色で、２人が答える。

ルグロは彼女たちの背を優しく撫でてから離れさせると、続けてリーネとロンも同じように呼び寄せて抱き締めた。

一良《かずら》はお邪魔になってはいけないと、静かに階段を下りてバレッタの下へと向かう。

「お待たせしました」

「あ、はい……」

ルグロたちを羨ましそうに見上げていたバレッタが、ラタから降りる。

一良《かずら》は彼女に手を貸してもらい、ラタに飛び乗った。

「どうしました？」

「え？　そ、その……何だか、羨ましくって」

そう言いながら、バレッタは再び防壁上へと目を向けた。

一良《かずら》のその視線を追うと、えぐえぐと泣きべそをかいたルティーナがルグロに抱き着いていた。

子供たちは泣くのを堪えており、ルティーナに「大丈夫ですよ」と声をかけている。

「子供っていいですよね……あんなふうにたくさん子供がいたら、きっとすごく楽しいですよ」

「ですねぇ。俺も一人っ子なんで、憧れちゃいますよ」

「カ、カズラさんもですか……そっかぁ。えへへ」

何を想像しているのか、バレッタは両手を頬に当ててウネウネしている。

それに気づかずに一良《かずら》がルグロたちを見上げていると、激しい蹄の音が響いてきた。

「ちょっと、早く来てよ！　皆待ってるんだから！」

ラタで駆け寄ったリーゼがウネウネしているバレッタに気づき、怪訝な顔になる。

「バレッタ、何やってんの？　こんにゃくの真似？」

「えっ!?　あ、いえ、何でもないです！　殿下、そろそろ出立です！」

バレッタが表情をとりなし、ルグロに呼びかける。

「あ、悪い！　すぐ行く！　ルティ、またな！」

涙と鼻水で顔をぐちゃぐちゃにしているルティーナを引き剥がすと、慌てた様子で階段を下りてきた。

慣れた様子で、空いているラタに飛び乗る。

「うえぇーん！　ルグロぉぉ！　行っちゃやだあああ！」

「お、お母様！　落ち着いてください！」

「兵士さんたちが見ています。せめて、お顔を拭いてください」

困り顔のルーナとローナが、必死にルティーナを押さえつける。

下の子供たちも「落ち着いて！」と足にしがみついていた。

これでは、どっちが子供か分からない。

「よし、行こうぜ！」

「う、うん。でも、いいの？」

一良《かずら》がルティーナを見上げる。

相変わらず、「やだあああ！」と泣き叫びながらも子供たちに押さえつけられていた。

子供たちは顔を真っ赤にして、渾身の力で押さえつけている様子だ。

ルティーナも剛力が備わっているはずなのだが、同じく剛力を持った子供4人の全力には敵わないらしい。

「あのまま相手してたら、いつまで経っても離れねえよ……引き剥がした時なんて、服を引き千切られるかと思ったぞ」

泣き叫んでいるルティーナにルグロは手を振ると、逃げるように広場へと向けて駆け出した。

一良《かずら》たちもルティーナの叫びを背に受けながら、彼の後を追うのだった。

第2章　詭弁

砦を出立してから数時間後。

同盟軍は、開けた草原で野営をしていた。

あちこちに焚火の灯りが揺らめき、皆が夜食をとっているところだ。

一良《かずら》やナルソンといった首脳陣たちも一カ所に集まって焚火を囲んでおり、それぞれ缶詰をつつきながら談笑している。

エイラとマリーもおり、ミクレムたちに酒を注いだり温めた缶詰を開けたりと給仕している。

そんななか、一良《かずら》たちのすぐ傍に停められている馬車からは、フィレクシアの怒声が響き渡っていた。

「ナルソン様！　約束と違うじゃないですかっ！」

窓の柵越しに、憤慨した様子のフィレクシアがナルソンに叫ぶ。

「撤退の妨害はしないって、約束しましたよね⁉　これでは約束破りじゃないですかっ！」

「約束は守っているぞ。我らは貴軍の撤退を妨害などしていない。ただ、ムディアに向けて進軍しているだけだよ」

焚火に当たりながら缶詰の焼き鳥をフォークで食べつつ、ナルソンがすまし顔で言う。

缶詰は湯煎されており、香ばしい香りとともに湯気を立ち上らせている。

1缶550円のお高め缶詰ということもあって、味はすこぶるいい。

彼の傍では、ミクレムやサッコルトといった軍団長たちも、缶詰に舌鼓を打っていた。

まだ戦闘にはならないという確信があるので、それぞれ果実酒を飲んでいてほろ酔い状態だ。

兵士たちにも1人コップ1杯分の果実酒と2個のパン（出立直前に焼かれたもの）が配られており、皆が上機嫌で夜食を楽しんでいる。

「攻撃など一切していないし、我らはただ移動しているだけだ。約束破りなんて、していないと思うが？」

「それは詭弁《きべん》です！　このまま撤退するカイレン様の軍勢を追って、ムディアに入る前に襲い掛かるつもりなのでしょう⁉」

柵を両手で握り、フィレクシアが叫ぶ。

移動中はシルベストリアとセレットが睨みを利かせていたので静かだったのだが、ナルソンの顔を見た途端にこの有り様だ。

ティティスは何を思っているのか、じっと目を閉じたまま座っている。

「いやいや、そんなことはせんよ。もっとも、彼らが攻撃を仕掛けて来れば別だがね」

「攻撃をって……まさか、ムディアを包囲するつもりなのですか⁉」

「それもしないぞ。我らはただ、移動しているだけだ」

　ナルソンが言うと、ティティスが静かに目を開いた。

「……まさか、ムディアはすでに陥落しているのですか？」

　ティティスの言葉に、フィレクシアが「えっ⁉」と驚いた顔を向ける。

「そうでなければ、この進軍に説明がつきません。まさか、ムディアはもう――」

「そ、そんなわけないですよ！　だいたい、ムディアを攻め落とす戦力がどこにあったっていうんですか！」

「日和見をしていたプロティアとエルタイルが参戦したのであれば、戦力の説明は一応つきます」

「あ……」

　フィレクシアが青ざめる。

　そんな彼女にティティスは目を向け、「でも」と言葉を続けた。

「もしそうだとしても、あの城塞都市《じょうさいとし》がこの短期間で陥落するはずがありません。それに、それらの国の軍勢が動いた時点で、偵察部隊が気づかないはずがないんです」

「そ、そうですよ！　いくら距離があるといっても、ムディアが攻撃される前に私たちのところに知らせが来たはずです！　あり得ないのですよ！」

「はい。だから、どうにも分からないんです。わざわざ防備を固める時間を捨てて、しかも丸一日も時間を置いて、カイレン様の後を追う理由が」

ティティスはそう言うと、ナルソンを見た。

「ナルソン様、教えてくださいませんか？」

すると、それまで黙って缶詰を食べていたミクレムが、肩を揺らして笑い出した。

顔が赤く、かなり酔っているように見える。

「くははは！　そりゃあ、わけが分からなくて当然だろうなぁ！」

威圧的に言い、ぎろりとティティスを睨みつける。

「いいざまだ。これは貴様らが、今まで散々好き勝手やってきた報いなのだ！　思い知るがいい！」

「お、おい、ミクレム。やめないか」

サッコルトが一良《かずら》をチラチラと見ながら、ミクレムの肩を揺する。

「性根の腐りきった野蛮人どもめ、貴様らはもうおしまいだ！　貴様らの軍勢は——」

「おい！　ミッ——」

「ミクレムさん。口を閉じてください」

ルグロが止めるよりも早く、一良《かずら》がミクレムの言葉をさえぎった。

「まだすべてが決まったわけではありません。脅すような真似は、やめてください」

「しかし、カズラ様！　連中の駆逐は、我らの悲願なのです！」

ミクレムが立ち上がり、大声で一良《かずら》を睨む。

「今までどれだけ、こいつらに辛酸を舐めさせられてきたことか！　あとはカズラ様さえ頷いてくだされば、奴らに裁きの鉄槌を下すことができるのです！　どうか、バカげた考えを改めてください！」

「こ、こら！　お前、カズラ様に何て物言いをするんだ！　口を慎め！」

「ミッチー！　いくらなんでも飲みすぎだぞ！　少し落ち着け！」

諌めるサッコルトとルグロを、ミクレムが睨みつける。

「いいや、言わせてもらう！　カズラ様、こいつらは野蛮人なのですぞ！　今さら講和など、不可能に決まっています！」

「え？」

「講和……ですか？」

予想もしていなかった一言に、フィレクシアとティティスが驚いた顔になる。

そんな彼女たちに、ミクレムは怒りの表情を向けた。

「ふん。あくまでも選択肢の1つとしてあったというだけだ。せいぜい無駄なあがきをして、地獄に落ちるがいい！」

「……ミクレムさんは、もしも彼らが条件を呑んだら、俺の意見に賛同してくれますか？」

一良《かずら》が静かに言うと、ミクレムは「くだらない」とでもいうような表情で鼻を鳴らした。

「はっ。彼らがあの条件を呑むなどとは、とても思えませんな」

「答えてください。兵士たちが納得するように、説得してくれますか？」

「ええ、いいですとも。連中が本当に条件を呑むのなら。こいつらに、そんな頭があるとは思えませんがな！」

ミクレムの答えに一良《かずら》は頷くと、缶詰を置いて立ち上がった。

フィレクシアとティティスの下へと歩み寄り、馬車の扉の鍵を外す。

「2人とも、出てきてください」

一良《かずら》が扉を開けると、ティティスとフィレクシアは恐る恐るといった様子で馬車を出た。

傍にいるシルベストリアとセレットの威圧感に、フィレクシアが小さく「ひぃっ」と声を漏らす。

「バレッタさん、リーゼ。あれの用意を」

「はい」

「うん！」

それまで黙っていたバレッタとリーゼが立ち上がり、駆けて行く。

「マリーさんも、一緒に来てくれますか？」

「かしこまりました」

「シルベストリアさんたちは、そこにいてください」

「「はっ」」

シルベストリアとセレットが姿勢を正し、返事をする。

「行きましょうか」

そう言って、一良《かずら》が歩き出す。

ティティスとフィレクシアは困惑しながらも、一良《かずら》の後に続いた。

小さくなっていく一良《かずら》たちの背を見送っていたミクレムは、その姿が天幕の陰に消えると、へなへなとその場にしゃがみ込んだ。

「い、生きた心地がしなかった……勘弁してくれ……」

顔中に冷や汗を浮かべたミクレムが、消え入るような声で言う。

そんな彼に、ジルコニアはくすくすと笑いながら酒瓶を差し向けた。

「ふふ。ミッチー様、お上手でしたわ。ささ、もう一杯どうぞ」

「いや、酒の味など、飲み始めから分かっておらん……いいから水をくれ……」

「まあ。この後もミッチー様には頑張ってもらわないといけないのに、そんなことでどうするんですか？」

「そうだぞ、ミッチー。しっかり脅し役をこなしてもらわないと困るぜ？」

ジルコニア、ルグロが笑う。

「いやはや、じゃんけんに勝てて本当によかった……ほれ、水だ」

「こ、この。『1回目の勝負では互いにグーを出してカズラ様に誠意を見せよう』、などと騙しおって！　この卑怯者！」

「はは。カズラ様も楽しんでくださったことだし、よいではないか。大目に見てくれ」

夜食前に一良《かずら》に呼び出されたミクレムたちは、ティティスとフィレクシアに対して行おうとしていることの説明を受けた。

一良《かずら》の提案とあってはミクレムたちは逆らうわけにもいかず、頷いたのだが、脅し役を決めるにあたって「ミクレムかサッコルトのどちらかにお願いしたい」と頼まれた。

一良《かずら》に暴言を吐く役目と聞かされて2人とも即座に断ったのだが、「どうしても」と頭を下げられてしまったので仕方なく引き受けたのだ。

脅し役は1人でいいとのことだったのでじゃんけんで決めることになったのだが、ルールを一良《かずら》が説明した際、サッコルトが一計を案じて、ミクレムを騙し討ちしたのだった。

当然ミクレムは激怒したのだが、ルグロが爆笑して「頑張れ」と背中を叩いたので、決まりとなってしまったのだった。

「まったく、人ごとだと思って……しかしですな、殿下。私はこのようなこと、とても賛成はできませんぞ」

ミクレムが水を一口飲み、ルグロに目を向ける。

「カズラ様のおっしゃることは分かりますが、とても上手くいくとは思えません。休戦協定すら平気で破るような連中を、どうして信用できましょうか」

「まあ、そう言うなよ。戦いを止めるなら、今このタイミングしかないんだ。なあ、ナルソンさん？」

ルグロに話を振られ、ナルソンが頷く。

「そうですな……どうなるかは分かりませんが、もし上手くいけば余計な血を流さずに済みます。蛮族とバルベールの連合軍を相手にするのは、できれば避けたいですし」

「だよな。もう、戦争はたくさんだよ……何か甘いものが食いたいな。エイラさん、何かないかな？」

「えっと、果物の缶詰か、チョコレートなどのお菓子……あっ、お汁粉もありますが」

エイラが木箱を漁り、インスタントカップのお汁粉を取り出す。

「何だそれ？　どういう料理だ？」

「糯米というものを突いて作ったお餅というものを、あずきという豆で作った甘いスープに入れたものです」

「へえ、そりゃ美味そうだ。作ってくれるかい？」

「かしこまりました」

エイラがカップを開け、焚火にかけられていた鍋からお湯を注ぐ。

「エイラ、どうしたの？　何か嬉しそうだけど」

柔らかい表情で湯を注ぐエイラに、ジルコニアが小首を傾げる。

「いえ、何でもありません」

エイラは微笑むと、お汁粉のカップをルグロに手渡すのだった。

一良《かずら》がティティス、フィレクシア、マリーを連れて天幕に入ると、先に来ていたバレッタとリーゼがプロジェクタの準備を済ませていた。

バレッタは小テーブルに載せられたノートパソコンの前におり、リーゼは巻き上げ式スクリーンの傍に立っている。

それらの前に置かれたプロジェクタのレンズが、蝋燭《ろうそく》の光をキラキラと反射していた。

それを見て、フィレクシアは目を丸くした。

「こっ、これは、透明な黒曜石ですかっ⁉」

「あっ⁉　フィレクシアさん！」

フィレクシアがプロジェクタに駆け寄り、レンズをまじまじと見る。

ティティスが慌てて駆け寄り、彼女を引っ張り戻した。

「カズラ様、申し訳ございません！　フィレクシアさん、勝手に動かないでください！」

「ご、ごめんなさいです。こんな透きとおった……大きな黒曜石を見るのは初めてで、驚いてしまって」

ティティスに頭を押さえつけられて頭を下げるフィレクシアに、一良《かずら》は朗らかな表情を向ける。

「いやいや、いいんですよ。おふたりとも、そこのイスに座ってください」

「はい。失礼いたします」

「失礼いたしますです」

ティティスとフィレクシアがイスに座る。

２人の前に置かれたイスに、一良《かずら》も腰を下ろした。

「先ほどはミクレム将軍が失礼なことを言ってしまい、すみませんでした」

頭を下げる一良《かずら》に、ティティスが驚いた顔になる。

「そんな、頭をお上げください。今まで我が国が貴国に取った行動を考えれば、憎しみを持つのは当然ですので」

「……休戦協定破りをしたことは、本当に申し訳なかったと思います。でも、国境付近の村や隊商が、あなた方の国の人たちにたくさん襲われてしまったのが原因だったのですよ」

フィレクシアがおずおずと言う。

「あの時カイレン様が動かなかったら、きっと国内では暴動が起こっていたのです。カイレン様も、ああするしかなかったのですよ」

「……」

フィレクシアの言葉に、ティティスがぐっと歯を噛みしめる。

彼女の中では、あの一件はカイレンの自作自演だったのでは、という疑念があるのだ。

そんなはずはない、と自分に言い聞かせてはいるのだが、ジルコニアによるマルケス襲撃の件のせいで、疑念を振り払えずにいた。

「許されることではないということも分かっています。でも、こちらにも事情があったということを分かってほしいのです」

「ええ、それは分かっています」

一良《かずら》が真剣な表情で頷く。

「しかし、ミクレム将軍をはじめとした、アルカディアの人々はそうは思っていないんです。バルベールを駆逐すべき怨敵として、心の底から憎んでいる人がたくさんいます」

「……はい」

フィレクシアがしゅんとして視線を落とす。

「ナルソンさんから聞いたと思いますが、アルカディアは神の助力を受けています。現在、戦いの神であるオルマシオールと、豊穣の神グレイシオールが、この国に力を貸しています」

一良《かずら》が言うと、フィレクシアは顔をしかめて顔を上げた。

「カズラ様、そういう冗談は――」

「冗談ではありません。私が、そのグレイシオールです」

「……は？」

フィレクシアがぽかんとした顔で一良《かずら》を見る。

ティティスも、驚いた顔になった。

「アルカディアの神々は、あなた方の行いに激怒しています。あなたがたを完全に滅ぼそうと声を上げている彼らを、私がどうにかして止めている状況なんです」

「あ、あの、おっしゃっている意味が……カズラ様が、神だと……グレイシオールだというのですか？」

ティティスが「信じられない」といった視線を一良《かずら》に向ける。

フィレクシアは唖然としたまま、口を半開きにしていた。

「はい。といっても、すぐには信じられないということも分かります。今、証拠をお見せしますので」

一良《かずら》はそう言うと席を立った。

マリーがイスをフィレクシアの隣に移動し、一良《かずら》が座り直す。

「リーゼ、スクリーンを上げてくれ」

「うん」

リーゼが巻き上げ式スクリーンを上げる。

しゅるしゅると上がったそれに、フィレクシアが小さく「おおっ」と声を漏らした。

「カズラ様、それはいったい？」

「映像を映すための台紙です。バレッタさん、お願いします」

「はい」

バレッタがパソコンを操作し、動画を再生する。

複数の回転翼を持つ航空機がいくつも並ぶ、基地の映像がスクリーンに映し出された。

銃で武装した兵士たちが一斉にそれに乗り込み、基地に残る者たちに手を振られながら一斉に空に飛び立った。

「な……」

突然現れた映像に、ティティスが目を丸くする。

フィレクシアも、スクリーンを凝視していた。

「これは、ここではない別の世界で実際に行われた戦いの様子です」

深い森の上空を編隊を組んで飛行する航空機の一団を見つめながら、一良《かずら》が言う。

航空機の周囲には空に浮かぶ島がいくつもあり、滝となって流れ落ちる水の雫が霧になって散っていた。

どう見ても自分たちがいる世界とはまったく異なる光景に、ティティスとフィレクシアは、ただただ唖然とするばかりだ。

「この空を飛ぶ乗り物に乗っているのは、私たち神々を信仰する人々です。今向かっている先に、彼らを長きにわたり虐げてきた者たちがいます。虐げられてきた人々を救うべく、私たちは彼らに武器を授けたのです」

航空機の集団が、数千メートルはあろうかという巨木の前にたどり着く。

そこには手に弓や槍を持った人型の生き物が大勢集まっており、飛来した航空機に唖然とした顔を向けていた。

この映像は、SF映画のワンシーンを切り取って繋げたものだ。

野営地まで来る間に、バレッタとリーゼが動画編集ソフトで作った。

登場人物たちのやり取りの箇所を省き、航空機の飛行シーンや攻撃シーンのみを繋げて作った動画である。

本来の映画の内容は、他の惑星に資源を求めて入植した地球人たちが、そこにしか存在しないレアメタル採掘を巡って現地民といさかいを起こして戦争に発展するといったものだ。

人間側が悪役として描かれている作品なのだが、今回の目的に戦闘シーンの一部がちょうど合うので使うことになった。

「これが、その時の戦いの様子です。よく見ていてください」

人型の生き物たちが、航空機に向かって矢を放つ。

当然ながら矢は装甲に弾かれ、風防ガラスにわずかな傷を付けるのみだ。

航空機から無数のガス弾が発射され、人型の生き物たちが激しく咳込みながら逃げ惑う。

続いて白煙の帯を引いたミサイルが撃ち込まれ、生き物たちの間に着弾して次々に吹き飛ばす。

巨木が炎上し、メキメキと音を立てて倒れた。

動画が終わり、天幕内がしんと静まり返る。

ティティスとフィレクシアは呆然とした顔で、真っ白なスクリーンを見つめていた。

「これが、私たち神の力です。アルカディアにはまだ、このような兵器は授けていませんが、あなたがたの今後の対応によっては同様のことが起こるかもしれません」

「こ、これは……今のは、いったい何なのですか？　すぐそこに、別の世界が出現したように見えたのですが」

ティティスが恐怖の滲んだ表情で、一良《かずら》を見る。

「別の世界で起こった様子を記録したものです。今のように、何度でも繰り返し見ることができるんですよ」

一良《かずら》がバレッタに目を向ける。

バレッタは頷き、別の動画を再生した。

この世界と似たような武具に身を包んだ兵士たちが、巨大な防壁に大砲を向けている。

着火手が火のついた棒を砲身後部の穴に突っ込むと石弾が発射されて、防壁に直撃した。

壁を貫通した石弾が街中に突っ込み、建物や露店を破壊する。

中にいた人々は悲鳴を上げて逃げ惑い、さらにそこに石弾が撃ち込まれた。

こちらの動画は、古代のコンスタンティノープル包囲戦の再現映像だ。

「これは、別の世界における、今のあなたがたと非常によく似た状況のものです。石弾を撃っている兵器にも、見覚えがあると思います」

ティティスとフィレクシアが、食い入るように動画を見つめる。

「アルカディアとバルベールと、ほぼ同じ状況です。この程度で済んでいるのは、相手方の抵抗が比較的微弱だったからです」

バレッタが続けて、別の動画を再生した。

スクリーンに、アルカディア軍が砦へと向けてカノン砲や火炎弾を発射している様子が映し出される。

身に覚えのある光景に、ティティスの表情が再び驚愕のものへと変化した。

「これは、数カ月前にアルカディア軍が砦奪還作戦を行った時の様子です。先ほどの戦いの様子と同じように記録してあります」

「なに……これ……こんなことが、そんな……」

フィレクシアがガタガタと震えながら、擦れるような声を漏らす。

アルカディアがいくら新兵器を多数保持しているとはいえ、それらは時間さえかければ自分たちでも作ることが可能なものがほとんどであると、フィレクシアは考えていた。

バルベールには優秀な技術者が何十人、何百人といるので、たとえ緒戦で敗北を喫しても、時間が経てば模倣兵器を作ることができるだろう。

いずれは地力の違いと圧倒的国力差で押し返せると、疑っていなかったのだ。

しかし、今見たものは、模倣してどうにかできるレベルを遥かに超えている。

もしもあんな兵器で攻撃されたら、いくらバルベールといえどもひとたまりもない。

あの人型の生物たちのように、あっという間に街ごと破壊されて蹂躙されてしまうだろう。

「私は、あのような殺戮を望んではいません。過度な肩入れは世界に非常に大きな影響を与えるため、するべきではないと考えています」

一良《かずら》が言うと、フィレクシアは彼に顔を向けた。

「最初にお見せしたものは、もはや虐殺です。我らを信奉する者たちを救うためとはいえ、やりすぎにもほどがあります。しかし、他の神々は、そうは考えていないのです」

『ええ、そのとおりです。あんな連中、皆殺しにしてしまえばいい』

その時、ティティスとフィレクシアの頭に涼やかな声が響いた。

それと同時に猛烈な眠気が一瞬襲い、2人の体が、がくんと傾く。

ずるりと地面に倒れかけたフィレクシアを、一良《かずら》が慌てて支えた。

リーゼも少し影響を受けてしまったのか、少しふらつきながらも足を踏ん張っている。

「う……い、今のは？」

ティティスが頭を押さえて、イスにしがみつく。

「フィレクシアさん、大丈夫ですか？」

「あ、あれ？　私、寝てました？」

「はい。一瞬だけ」

　フィレクシアは一良《かずら》に支えられながらイスに座り直し、ふと左を見た。

　巨大な漆黒のウリボウが天幕の入口に座っているのを見て、「ひっ」と息を飲む。

「オルマシオール、ここには来ないでくれと言いましたよね？」

　一良《かずら》が言うと、ティタニアは目を細めて「ふん」と鼻を鳴らした。

「お、オルマシオールって……あのウリボウが？」

　フィレクシアが一良《かずら》にしがみつきながら、怯えた表情で言う。

「ええ。彼女はオルマシオールです。あなたたちバルベール人を皆殺しにするべきだと、ずっと言い続けているんです」

『クズどもが。グレイシオールが首を縦に振りさえすれば、即座に皆殺しにしてやるものを』

　ティタニアが術の力を極力抑えながら、冷たい声色で言い放つ。

　ティティスとフィレクシアに再び猛烈な眠気が襲い、強制的に瞼が落ちる。

　ティティスは唇を噛み締めてどうにか耐えたが、フィレクシアは「ぐう」と寝息を立てて眠ってしまった。

　一良《かずら》がその背を強く叩くと、「あえ？」と間抜けな声を漏らして目を開いた。

「ど、どういうことなのですか……すごい眠気が……」

ティティスが額を押さえ、頭を振る。

「オルマシオールの術の力です。あなたたちを眠らせて、説得の邪魔をしようとしているようですね」

「じゃ、邪魔って……」

ティティスが怯えた表情でティタニアを見る。

そんな彼女に、ティタニアはニイッと口元を歪めて牙をのぞかせた。

それを見たフィレクシアが、再び「ひっ」と声を上げてのけ反る。

「いいですか、もしこのままバルベールが抵抗を続ければ、私はもう他の神々を止めることはできません。この国の将軍たちも、それを望んでいます」

一良《かずら》がティタニアに目を向けながら言う。

「今が最後のチャンスです。もし今、バルベールが敗北を認めるのなら、先ほど見たような悲劇に見舞われずに済むんです」

「そ、そんなことを言われても……わけの分からないことだらけで、頭がこんがらがってしまって……」

声を震わせるティティス。

自身の身に起こったことと、先ほど見た想像を絶する光景に、理解がまったく追い付かない。

本当に神が実在してアルカディアに協力しているとは、露ほども思っていなかった。

まさか、アルカディアで流れている噂が真実だったとは。

「こ、こんなの、まやかしなのですよ！　私たちを騙そうとしているのです！」

フィレクシアが一良《かずら》にしがみつきながら、震える声で叫ぶ。

「きっと、何かからくりがあるのですよ！　あんな……空を飛ぶ乗り物だとか、空に浮かぶ島だとかなんて、あるわけがありません！　私たちに催眠か何かをかけているんでしょう⁉」

「催眠なんかで、こんなことができるとでも？」

一良《かずら》が困り顔で言うと、フィレクシアはこくこくと頷いた。

「それに、獣がしゃべるなんておかしいのですよ！　幻覚を見せる薬を、私たちの食事に混ぜたのではないですか⁉」

「幻覚ねえ。どうしたら信じてもらえるのか……あ、そうだ」

一良《かずら》はぽんと手を打つと、マリーに目を向けた。

「マリーさん。ティティスさんから預かっている短剣を持ってきてもらえますか？　ジルコニアさんが持っているはずです」

「かしこまりました」

マリーが頷き、天幕を出て行く。

「な、何をするつもりなのですか？」

短剣と聞き、フィレクシアが怯えた表情で一良《かずら》に問いかける。

「まあ、待っていてください。先ほどのものを、もう一度見ながら待ちますか？」

一良《かずら》が聞くと、ティティスとフィレクシアはちらりと目を見合わせ、こくりと頷いた。

バレッタが再び動画を再生し、航空機が基地を飛び立っていく映像が流れ始める。

「……信じられない」

「うう、さっきとまったく同じ……何がどうなっているんですか。こんなのおかしいですよ……」

じっと映像を見つめるティティスと、頭を抱えるフィレクシア。

フィレクシアは、動画が幻覚なら自分の精神が錯乱しているはずなので、まったく同じものは見えないだろうと考えていた。

だが、当然ながら先ほど見たものと完璧に同じものが彼女の目に映っている。

そうして動画を見ていると、ぱたぱたとマリーが戻ってきた。

手には、刃を布で包まれたティティスの短剣が握られている。

「お持ちいたしました」

「ありがとうございます」

一良《かずら》が短剣を受け取り、布を開いてナイフの柄を持つ。

すっと、ティティスの前にそれを差し出した。

バレッタとリーゼが小走りで2人の下へと駆け寄る。

万が一、に備えてのことだ。

「ティティスさん。この短剣は、あなたのもので間違いありませんね？」

「はい」

「手に取って、よく確認してください」

一良《かずら》がティティスに短剣を手渡す。

ティティスはそれを受け取り、くるくると回して確認した。

いったい何を始めるつもりだろうと、フィレクシアもその様子をじっと見つめる。

「……間違いありません。私の短剣です」

「ありがとうございます。ティティスさんは、その短剣の刃を手で曲げることはできますか？」

「え？　で、できませんが」

「試してみてください。思いきり、力を込めて」

「は、はあ」

ティティスが怪訝な顔をしながらも、短剣の刃を摘まむ。

ぐっと力を込め、しばらくプルプルと震えた。

「……無理です。とてもできませんよ」

「ですよね。フィレクシアさんも、試してみてください」

フィレクシアが短剣を受け取り、同じように力を込める。

「無理です。普通にやったら、曲がらないのですよ」

フィレクシアが一良《かずら》に短剣を返す。

「でも、マリーさんは簡単に曲げることができます。神の祝福の力を、私が授けているので」

一良《かずら》がマリーに短剣を手渡す。

マリーは短剣の柄を右手で持ち、刃先を左手で掴んだ。

「マリーさん、お願いします」

「はい」

マリーは「ふう」と息を吐き、ぐっと両手に力を込めた。

ぐぐっと刃がたわみ、やがてぐにゃりとくの字に折れ曲がった。

それを見て、フィレクシアが「ふん」と鼻を鳴らす。

「それは、ものの中心点を上手く利用した曲芸なのですよ。ティティスさん、騙されてはダメですよ！」

「えっ」

予想外の反応に一良《かずら》が驚く。

ティティスは意味が分からず、小首を傾げた。

「曲芸、ですか？」

「はい！　やはり、カズラ様は私たちを騙そうとしているのです！」

驚くティティスに、フィレクシアが自信ありげに頷く。

そんな彼女に、一良《かずら》は困り顔になった。

マリーとリーゼは何のことか分からずにきょとんとしているが、バレッタは感心した表情になっている。

「あの、フィレクシアさん。焼きが入っている短剣を曲げたんですよ？　本気で言ってます？」

「本気です！　それは、曲芸師が小銭を稼ぐ時に使う芸の1つなのです！　物の中心点をとらえて両端に適切な力を加えれば、驚くような力がその中心点に作用するというからくりです。さっき見せられた戦いの様子も、何か種があるに違いないのです！」

ふんす、と胸を張るフィレクシアに、一良《かずら》が頭をかく。

人外の力を見せてダメ押しをするつもりが、余計に話がややこしくなってしまった。

黙って天幕の入口でそれを見ていたティタニアは、困っている一良《かずら》が面白いのか、くすくすと笑っている。

「ああもう……マリーさん、ジルコニアさんの鉄槍を持ってきて曲げてください。あれは柄まで鉄ですし、あれを曲げればさすがに信じるでしょ」

「て、鉄槍ですか？　さすがにそれは……」

「やってみてください。もしできたら、後で何でもほしい物をあげますから」

「か、かしこまりました」

その後、マリーは鉄槍を持ってきて両手で曲げようとしたのだが、さすがに曲げることはできなかった。

そこでリーゼが、「もしできたらちゅーしてくれる？」と一良《かずら》に聞いたところ、即座に横から手を伸ばしたバレッタが一息で鉄槍をくの字に折り曲げた。

フィレクシアはバレッタに、「信じましたよね？」と肩に手を置かれて笑顔で言われ、こくこくと震えながら頷いたのだった。


「カズラ様、私は信じます。マリーさん、もうやめていただいて結構です」

片手の親指一本で腕立て伏せをするマリーを見ながら、ティティスが神妙な顔で言う。

ティティスとしては、人外の力はともかくとして、動画の内容に関しては紛れもない事実だと考えていた。

あのようなものを催眠やからくりで見せることなど不可能だし、あれから3度も同じ映像を見せてもらったのだ。

それに、希望すればいつでも同じ物を見せてくれるという約束も取り付けた。

もし薬か何かで幻覚を見せられたのだとしたら、そんな約束を一良《かずら》は受けないだろう。

マリーは一良《かずら》からの指示がないので、せっせと腕立て伏せ、もとい、指立て伏せを続けている。

「マリーさん、ありがとうございました。やめていいですよ」

「はっはっ……はい！」

マリーが立ち上がり、ふう、と額の汗を拭う。

指は特に異常がないようで、やれやれといった顔で息を整えていた。

ちなみに、指立て伏せはマリーが「こんなこともできます！」、と自分から始めたものだ。

一良《かずら》はまさかマリーがそんなことまでできるとは思っていなかったので、その強化っぷりに内心「マジかよ」と戦慄していた。

「今までの出来事すべてに合点がいきました。今はまだ、我々は手加減されていたということなのですね？」

「そのとおりです。神力による食料生産量の増加や、一部の道具の供与はしましたが、それらは極力この世界への影響が軽微で済むようにと私が配慮したものです」

一良《かずら》はポケットから、防犯ブザーを取り出した。

薄い赤色の、綺麗な光沢を放つそれを見て、フィレクシアが「あっ！」と声を上げた。

「それは、以前砦に投げ込まれたものですよね⁉」

「ええ、そうです。かなり大きな音が出ていたと思います」

「はい、そう聞いているのですよ。ただ、私が見た時には音が止まってしまっていて……その音を、私も聞いてみたいのですが」

「分かりました。すごく大きな音が出ますが、驚かないでくださいね」

一良《かずら》が防犯ブザーのピンプラグを摘まむ。

バレッタとリーゼは慌てて、耳を両手で塞いだ。

一良《かずら》がピンプラグを引き抜いた途端、キュイキュイという耳をつんざくようなすさまじい音が防犯ブザーから発せられた。

そのあまりのやかましさに、ティティスとフィレクシア、そして何も知らなかったマリーが「ひゃっ⁉」と驚いて耳を塞ぐ。

「はい、どうぞ」

騒音を撒き散らす防犯ブザーを、一良《かずら》がフィレクシアに差し出す。

「あ、ありがとうございます……うぎぎ」

フィレクシアが騒音に耐えながら、防犯ブザーをまじまじと見る。

手のひらに収まる程度の大きさの小物から、これほど大きな音が出せる仕組みを必死で考えるが、まるで思いつかない。

「いったいどういう仕組みなのですか？　分解して中を見たことがありますが、よく分からない部品だらけで――」

「フィレクシアさん、耳が痛いです！　音を止めてください！」

「そ、そうですね。カズラ様、止めかたを教えてほしいのですよ」

両手で防犯ブザーを握って少しでも音を軽減させようとするフィレクシアだが、音はわずかにくぐもるだけで、やかましいことには変わりない。

あまりの騒音に驚いた警備兵たちが天幕前に集まってきており、バレッタとリーゼは外に出て押しとどめている。

「これをそこの穴に戻してください」

差し出されたピンプラグを受け取り、フィレクシアが穴に差し込む。

すると、ぴたりと音が鳴り止んだ。

「止まりました……」

フィレクシアが不思議そうに、防犯ブザーをまじまじと見る。

そして、再びピンプラグを引き抜いた。

「わわっ！」

「ひゃあ！　フィレクシアさん！」

またもや爆音が鳴り響き、ティティスがフィレクシアに怒鳴る。

フィレクシアが慌ててピンプラグを差し込むと、音が止まった。

「それは、音の精霊の力を込めた道具です。そのピンを抜くと、中に込められていた音が解放されて響き出すんですよ」

「音の精霊って……これは、からくりではないのですか？　精霊などというものが、本当にこの世に存在するのですか？」

納得がいかないといった表情で言うフィレクシア。

ティティスと違い、まだ一良《かずら》の話を信じてはいない様子だ。

「神も精霊も存在しますよ。これを差し上げましょう」

一良《かずら》がポケットからサイリウムを数本取り出して差し出す。

フィレクシアはそれを受け取り、不思議そうに見つめた。

「これは？　若干透きとおっているようですけど……材質は何ですか？」

「光の精霊の力を込めた道具で、プラスチックというこの世界にはない材質でできています。マリーさん、入口を閉めてもらえますか？」

「かしこまりました」

マリーが天幕の入口を閉め、天幕内が薄暗くなる。

「どれでもいいので、1本の両端を持って、折り曲げてみてください」

一良《かずら》にうながされ、フィレクシアが適当に選んだ1本を折り曲げる。

すると、その中心部が鮮やかな黄色い蛍光色を発した。

「す、すごい……！」

隣で見ていたティティスが、驚愕に目を見開く。

フィレクシアも、目を真ん丸にして手の中のサイリウムを見つめている。

「すごいでしょう？　片端だけ持って、強く振ってください。もっと明るく輝くので」

「はい」

フィレクシアがサイリウムを強く振ると、その光が全体に広がった。

その美しい輝きに、フィレクシアが「むう」と唸った。

「これは、ずっと輝き続けるのですか？」

「いいえ。半日程度で力はなくなってしまいます。光の精霊自体を閉じ込めているわけではないので」

「……なるほど。もう一本、試してもいいでしょうか？」

「どうぞどうぞ」

「カズラ様。もう十分に分かりました。それで、私たちに何をしろとおっしゃるのでしょうか？」

ティティスが一良《かずら》に目を向ける。

フィレクシアは輝いているサイリウムを膝に置き、サイリウムをもう1本受け取ると、ゆっくりと折り曲げた。

パキパキと音がすると同時に、その中心部が鮮やかな赤色に光り輝く。

「カイレン将軍の説得です。バルベールが敗北を認めずに戦い続けるならば、先ほど見ていただいたものと同様の出来事がバルベールを襲います。何としても、講和交渉の席に着かせてください」

「それは……」

ティティスが表情を曇らせる。

自分が説得したとして、カイレンが素直に頷くとはとても思えない。

バルベールの国力は同盟国と比べれば圧倒的ということもあるし、生き残った元老院議員や軍団長たちも大反対するだろう。

「私が説得しても、おそらくカイレン様は首を縦には振りません。カイレン様にも、先ほど見せていただいたものを見せることは可能でしょうか？」

「ええ、もちろんいいですよ」

即座に頷く一良《かずら》に、ティティスがほっとした顔になる。

「交渉の席に着いていただければ、まずはフィレクシアさんを解放します。カイレン将軍が講和条件を呑んでくれれば、戦争終結後にティティスさんも解放することをお約束しましょう」

「えっ⁉」

予想外の提案に、フィレクシアが驚いた顔を一良《かずら》に向ける。

「ちょ、ちょっと待ってください！　それはダメなのですよ！」

焦り顔のフィレクシアに一良《かずら》が小首を傾げる。

「え？　何がダメなんです？」

「私を解放という点です！　私は、まだいろいろと見てみたいのですよ！　解放するのなら、ティティスさんにしてください！」

知的欲求剥き出しといった様子で、フィレクシアが言う。

ティティスは、「まいったな」とでも言いたげな表情で額を押さえた。

「フィレクシアさん。我がままを言っている場合ではないでしょう？　カズラ様のご提案に、素直に従ってください」

「でも、どうして私が先なんですか！　私のほうが、人質としての価値がないというのですか⁉」

「……」

ティティスが困り顔で、一良《かずら》に目を向ける。

一良《かずら》も同じように、頭をかいた。

実際、そのとおりだからだ。

フィレクシアが、ぷくっと頬を膨らます。

「ううう！　私は、まだ帰りたくないのですよ！　ここに置いてください！」

「まあまあ。戦争が終わったら、改めて遊びに来ればいいじゃないですか」

「……遊びに？」

フィレクシアがぴたりと動きを止める。

「ええ。その時は、きちんと客人として扱いますから」

「それは、技術交流をしていただけるのでしょうか？」

「んー。何でもかんでもってわけにはいきませんが、できる限りご要望にお応えできるようにはしますよ。どうです？」

一良《かずら》が言うと、フィレクシアは少し考えてから頷いた。

「分かりました。約束ですからね？」

「もちろんです。歓迎しますから」

ほっとして微笑む一良《かずら》。

そんな彼に、フィレクシアはすっと顔を近づけた。

「その時は、この筒に入っている薬液の調合方法と反応原理も教えてくださいね？」

手に持つサイリウムを揺らし、一良《かずら》にだけ聞こえるような声量で、耳元で囁く。

一良《かずら》が驚いて目を見開いた。

フィレクシアはその様子に、にっこりと微笑んだ。

「カズラ様っ！」

「フィレクシアさん！」

マリーが驚いて一良《かずら》とフィレクシアの間に割って入り、ティティスが慌ててフィレクシアの肩を掴み、引き寄せた。

入口にいたティタニアも腰を上げており、今にも飛び掛かろうという態勢になっている。

「わわっ⁉ な、何ですか！　何もしてませんよ⁉」

「お願いですから、そういう行動はやめてください！　カズラ様、申し訳ございません！」

「い、いえ、大丈夫です」

「カズラ！」

「カズラさん、どうしました⁉」

ティティスの大声に気づいたリーゼとバレッタが、慌てて天幕に入ってきた。

「いや、何でもないです。話はまとまりましたから、ナルソンさんたちのところに戻りましょうか」

「あの、カズラ様。1つお聞きしたいことが」

立ち上がった一良《かずら》に、ティティスが声をかける。

「ん？　何です？」

「ジルコニア様は、アーシャさんのことを何か言っていましたか？」

その言葉に、一良《かずら》の表情がわずかに強張る。

リーゼとバレッタも、同じように表情を硬くした。

ジルコニアがアーシャを殺した話は、一良《かずら》はリーゼから聞いて知っている。

「……アーシャさんのことは、仕方がなかった、と聞いています。どうしても、見逃すことはできなかったと」

「……そうですか」

ふう、とティティスがため息をつく。

「そのうち、ジルコニア様とお話をする機会を頂戴できませんでしょうか？」

「何を話すというんです？　アーシャさんのことで、なじるつもりですか？」

「いいえ。私は納得したいんです」

ティティスが自分の膝に目を落とす。

「どうしてそうなってしまったのか。そこに至る経緯がどんなものだったのかを、知りたいんです。ジルコニア様を憎むとか、そういう気持ちは一切ありません」

「……分かりました。でも、ティティスさんと話すかどうかは彼女の判断になりますので」

「はい。もし可能であればで結構です。よろしくお願いいたします」

ティティスは顔を上げ、儚げな表情で微笑んだ。

一良《かずら》がティティスたちと話している頃。

アイザックはバイクに跨り、月明かりに照らされた街道をプロティア王国へと向かっていた。

カーネリアンはこの場にはおらず、占領したムディアでカイレン率いる軍勢がやって来るのを待ち構えている。

同行しているのは、ジルコニア直属の部下が5名。

全員が身体能力強化済みであり、食料と水もたっぷり持ってきている。

「アイザック様、前方に騎兵が2騎います」

サイドカーで双眼鏡に目を当てていた兵士が、アイザックに声をかける。

騎兵たちは走りながらこちらを振り返っており、慌てふためいている様子だ。

2人とも、若い男のようだ。

「プロティアの斥候だろう。速度を落としながら接近するぞ」

アイザックの指示で全員がアクセルを緩め、じわじわと騎兵たちに接近する。

騎兵たちが剣を抜いて反転したのを見て、アイザックはバイクを停止させた。

「書状をくれ」

「はっ！」

バイクを降り、サイドカーに乗っている兵士から書状の入った筒を受け取る。

「アルカディア王国、イステール領軍第1軍団のアイザック・スランだ！　プロティア王国に、使者として向かっている！」

アイザックが叫ぶと、騎兵たちは何やら話した後にこちらに向き直った。

「我らはプロティア王国騎兵隊だ！　使者であるという証拠を見せろ！」

「承知した！　お前たちはここで待て」

アイザックは部下たちに指示を出すと、騎兵たちに駆け寄った。

「これが書状だ」

アイザックが差し出す書状を騎兵の1人が受け取り、蝋印を確認する。

エルミア国王の署名済みで、本文は後からナルソンが書いたものである。

戦況の推移によって書状の内容は変える必要があったため、いくらでも作成できるように数十枚を用意してある。

封蝋に使うための王家の蝋印鑑もナルソンが預かっており、交渉の全権はナルソンが握っている状態だ。

王都にも無線機を持ったグリセア村の若者が行っているので、情報は常に共有している。

「……確かに、アルカディア王家の蝋印だ。しかし、貴君らが乗ってきたあれは何だ？」

「あれは、グレイシオール様からお借りした乗り物だ」

「……そうか。やはり、噂は本物ということか」

騎兵が唸り、書状をアイザックに返す。

「砦での戦いは見させてもらったよ。あのバルベール軍の大軍を相手に、あそこまで一方的に打ちのめすとは驚いたぞ」

「我らには神が付いているからな。バルベール軍など、物の数ではない」

自信たっぷりに言うアイザックに、彼はうんうんと頷いた。

心なしか、表情が和らいで見える。

「アルカディアの……イステール領はすさまじい早さで復興したんだろう？　あれも、グレイシオールがやったのか？　どんなことがあったのか教えて――」

「いや、説明したいのは山々だが、今は一刻を争うんだ」

アイザックが彼の言葉をさえぎる。

「我らは、バルベールのムディアを占領した。その知らせとともに、この書状を一刻も早くプロテス（プロティアの首都）に届けなければ」

「何⁉　ムディアを占領⁉」

驚く彼に、アイザックは神妙な顔で頷く。

「ああ。これで、バルベール軍は南方の最重要拠点を失ったことになる。おい、証拠を見せてやれ」

アイザックが振り返って言うと、バイクに跨っている兵士たちが荷物からバルベール軍の軍団旗を3つ取り出して広げた。

2つはクレイラッツ方面に張り付いていたバルベール軍第2軍団と第4軍団のもの。

もう1つは、ムディアの守備軍団旗だ。

旗にはこちらの世界の文字で軍団番号を示す文字と、守備軍を示す文字が刺繍されている。

「うわ、ほんとかよ……占領したのはいつだ？」

「3日前だ。ムディアを占領したことによって、この戦争の形勢は完全にこちらに傾いた。貴国とエルタイルが参戦すれば、この戦争は我らの勝利が確定する。2カ国とも国内が厳しい状況にあると聞いてはいるが、何としても戦いに加わってほしいんだ」

アイザックが言うと、彼は表情を曇らせた。

「ああ。その知らせを聞けば、きっと王家は首を縦に振るよ。戦友に不義理を働くような真似は、これで終わりだな」

最後は消え入るような声で、彼は言った。

今まで自国がバルベール寄りになっていたことを、心底恥じているのだ。

生き残るためとはいえ、かつての仲間を見捨てるような行いは、とうてい許されるものではないと考えていた。

「よし。貴君らのラタはここに置いていけ。バイクに乗って行けば、明日の昼にはプロテスに着けるはずだ」

アイザックが部下に指示を出し、2つのサイドカーに乗った荷物を別のバイクにまとめさせる。

それを見て、騎兵たちは慌てた顔になった。

「そ、それに乗れっていうのか？」

「ああ。ラタよりはるかに速い乗り物だからな。今は時間が惜しいんだ」

「そうは言っても、こんなところに相棒を捨てていけないよ。近くの街に預けるから、寄り道させてくれ」

そう言ってラタのたてがみを撫でる彼に、アイザックが顔をしかめる。

とはいえ、彼の言い分も分かる。

騎兵にとって、ラタは大切な友達なのだ。

「分かった。だが、急いでくれよ」

アイザックがバイクに乗り、アクセルを捻る。

バイクが走り出すと同時に、騎兵たちも駆け出した。

「そうだ、まだ名乗ってなかったな。俺はフォスターだ」

「ヘイゼルだ」

騎兵たちが振り返り、自己紹介をする。

「ああ、よろしく頼む。皆、挨拶してくれ」

そうして、アイザックたちは自己紹介をしながら街へと向かって進むのだった。

翌日の昼。

プロティアの騎兵たちをサイドカーに乗せ、アイザックはプロテスへと続く街道をひた走っていた。

前方にはプロテスの防壁が見えてきており、あと数分で城門に到着するだろう。

途中、行き交う隊商や巡回の兵士たちと遭遇したが、騎兵たちが事情を説明してくれたおかげで、ここまで何事もなく済んでいる。

食事は走りながらで、止まったのはトイレ休憩のみだったので、全員クタクタだ。

道中、アイザックはフォスターといろいろと話したのだが、彼はかなり気さくな性格のようで、プロティアの様子をあれこれと話してくれた。

彼曰く、王家は11年前までの戦争のことでバルベールをかなり恐れている様子で、今回の戦争では同盟国側に付くと国が滅びかねないと考えているのでは、ということだった。

つい半年前まではバルベールに対する好意的な話があれこれと宣伝されていたのだが、休戦協定を破ってイステール領の砦を攻めた事実が広まった途端、ぴたりと止まったらしい。

同盟国が攻められたのだから再び参戦か、と市民たちは戦々恐々としていたのだが何も起こらず、ひたすら傍観を決め込む王家の態度に、国内は不穏な空気が広まっていたとのことだ。

「城門の手前で停まってくれ。このまま乗り込んでは騒ぎになってしまう」

「承知した」

アイザックたちが速度を落とし、城門へと接近する。

見張りの兵士たちはバイクを見て慌てふためいている様子だ。

城門の少し手前でバイクを停めると、門から数人の兵士たちが駆け出してきた。

「おい、それは何だ……って、フォスターじゃないか！」

その中の若い兵士がフォスターの姿を見て、目を丸くする。

見たところ、フォスターたちと同年代のようだ。

「ああ、ひさしぶり。アルカディアから使者を連れて来たぞ」

「使者だって？　まさか、こんなに早く来るとは……」

兵士が驚きながらも、城門を振り返る。

そこでは多数の兵士たちでごったがえしており、ざわざわとアイザックたちに目を向けていた。

「悪いんだけど、道を空けさせてくれないか？　急いで陛下に書状を届けないといけないんだ」

「……ムディアが陥落したことの知らせか？」

兵士の言葉に、フォスターが驚いた顔になる。

「知ってたのか？」

「ああ。今朝、斥候が大急ぎで戻って来たんだ。急ぎすぎたみたいで、ラタが潰れちまってたよ」

兵士がやれやれといった様子でため息をつく。

「それからはもう、大騒ぎだよ。いきなり全軍出撃の命令が出て、物資は後追いで届けるからって、今からムディアに向けて出発するところだったんだ。陛下もようやく、腹を括ったみたいだ」

「なるほどなぁ。でも、腹を括ったっていうか――」

「フォスター、その先は言うな」

それまで黙っていたヘイゼルが、後ろのサイドカーから声をかける。

彼は寡黙な性格のようで、道中はほとんど言葉を発しなかった。

余計なことを話しかけるフォスターを、今のように何度も「それは言うな」、といった調子で止めてはいたのだが。

「あ、ああ。悪い」

「ところで、その乗り物は――」

「すまないが、話は後にしてくれないか。書状を届けさせてくれ」

昨夜もあったようなやり取りにアイザックは苦笑しながら、書状を持つ手を振るのだった。


その日の夜。

バルベール軍勢を追うアルカディア・クレイラッツ連合軍は、街道沿いの森の手前で野営を行っていた。

あれから、バルベールの斥候とは一度も遭遇していない。

カイレンの軍勢は斥候を放ってはいるのだが、同盟軍は丸一日時間を空けて進んでいるため、距離的に偵察範囲外なのだ。

一良《かずら》たちは昨夜のように焚火を囲み、缶詰の食事をとっている。

今日のメインはランチョンミートで、薄切りにしたものをフライパンで焦げ目がつくまで焼いたものだ。

クレイラッツ軍の軍団長たちも一緒に食べており、初めて食べるランチョンミートの美味さに舌鼓を打っていた。

「ううむ、このような新鮮な肉を、行軍中に食べられるとは……」

高齢のクレイラッツ軍軍団長が、ターキーのランチョンミートを食べながら神妙な顔で唸る。

「しかも、何年も腐らずに保存できるとは。缶詰というものは、すさまじいですな……」

「まったくだ。こんなものを授けられているのなら、アルカディアはどんな飢饉に見舞われても、食料の心配は不要だな」

もう1人の中年の軍団長も、肉を頬張りながら唸る。

その様子に、ミクレムは得意満面といった顔になった。

「そうだろう、そうだろう。グレイシオール様が提供してくださった食べ物だ、貴君らも、我らアルカディアの神々への信仰に改宗してみてはどうだ？」

「こら、ミクレム。そんな大切なことを簡単に言うんじゃない。失礼だろうが」

軽く言うミクレムを、サッコルトが諫める。

そんな彼に、ミクレムは不満顔になった。

「そうは言うが、我らの神はこうして救いに現れてくださっているのだぞ。クレイラッツの神々は、いまだに現れていないではないか」

「そういう問題じゃない！　信仰とは見返りを求めてするものじゃないと言っているんだ！」

「いや、それは違うだろう？　日頃から皆が神に祈っているのは救いを求めてのことであって、助けてくれた神を信じるのが普通だろうが」

「おまっ、口を慎めバカ者が！　他国の神の侮辱になるだろうが！　だいたいお前は――」

「かーっ！　これはマジで美味いな！」

そんな2人の傍らで、ルグロがランチョンミートを頬張って声を上げた。

ほどよく塩気の利いたランチョンミートは、外側はカリカリ、中はふわふわの完璧な焼き加減だ。

焚火の前では、マリーとエイラがせっせと肉を焼き続けている。

バレッタは、ティティスとフィレクシアに食事を届けに行っており、この場にはいない。

「前にグレゴルン領に向かった時に貰った肉より、断然美味いな！　脂っこくないし香りはいいし、最高だな！」

「確かに……」

一良《かずら》もランチョンミートを食べながら、その味に唸る。

一良《かずら》が持ってきたランチョンミートは複数種類あり、ビーフ、チキン、ポーク、ターキーの4種類で、複数メーカーのものを大量購入してきていた。

カズラとルグロが食べているものはその中でも最安値であり、1缶340グラム入りで税別198円だ。

低価格品とは思えないほどの上品な風味と味付けに、一良《かずら》はとても驚いていた。

「この缶詰、前にルグロに渡したやつの3分の1くらいの値段なんだけどな」、と内心首を傾げる。

人それぞれ好みはあるだろうが、この値段でこの味は本当に驚きだ。

「ミッチーとサッチーは、どっちの肉が好みだ？」

やいのやいの言い争っているミクレムたちに、ルグロが話を振る。

「だから、実際に救ってくれた神を崇拝しないほうがどうかしてるだろうと――」

「おーい、ミッチー？」

「あ、はい。何か？」

「肉だよ、肉。４つ種類があるけど、どれが好みだ？」

「私はポークが口に合いますな。たっぷりと脂が乗っていて、じつに美味いです」

「マジか。それ、かなり脂っこいけどなぁ。サッチーはどうだ？」

「ビーフが美味いかと。これぞ肉という感じで、実に食べ応えがあります」

「まあ。おふたりとも、お若いのですね。私は、その２つはちょっと脂こくって……」

ジルコニアがパスタの缶詰（イギリス産）を食べながら、ミクレムとサッコルトに言う。

「お母様……それ、本当に美味しいんですか？」

リーゼが「うげ」といった顔で、美味しそうにパスタを頬張るジルコニアを見る。

リーゼは一良《かずら》たちと同じで、フォークでチキンランチョンミートを食べている。

「すごく美味しいわよ？　柔らかくって、甘くって、最高じゃない」

「柔らかいって、そこまで柔らかいと歯応えがほとんどないじゃないですか……味もちょっと、何か変というか」

「その柔らかさがいいんじゃない。味だって、ちょうどいいと思うけど？」

「う、うーん……」

「――ふむ、そうか。まあ、プロティア王家も焦っているのだろうよ」

皆が話している傍らで、ナルソンは無線機を手にアイザックと話していた。

プロティア軍と合流したアイザックは、王家の者たち総出で大歓迎を受けたとのことだった。

王城に招かれて大宴会を催され、使者としては異例の好待遇でもてなされていたらしい。

先ほどようやく宴が終わり、こうしてナルソンに連絡してきたのだった。

「連絡ご苦労。今夜はゆっくり休んで、明日の朝にエルタイルに向かってくれ。通信終わり」

ナルソンが無線機を切り、やれやれといった様子で腰に戻す。

「プロティアは同盟国側で参戦確定です。大急ぎでムディアに軍を進めているとのことで」

ナルソンが言うと、ポークとビーフのどちらが美味いかで言い争いを始めていたミクレムとサッコルトが呆れた顔になった。

先ほどの信仰うんぬんの話は、肉の好みの話に変わってしまったようだ。

クレイラッツ軍の軍団長たちはハナから気にしていないのか、美味い美味いと肉を食べ続けている。

「完全に形勢が傾いたと見ての参戦か。まったく、日和見ここに極まれりだな」

「まったくだ。バルベールを降伏させた後に、少しでも旨味を得ようという腹積もりだろう。エルタイルも、きっと同じことになるんじゃないか？」

戦争再開の初めから同盟国の責務をはたしていれば、アルカディアとクレイラッツはもっと被害を抑えることができたはずだ。

それを今さら焦って少しでもおこぼれに与ろうとして慌てて参戦してきたのだから、腹を立てるなというほうが無理な話である。

「まあ、いいんじゃないですか？　講和交渉が有利になりますし、クレイラッツもこれで隣国を警戒しなくて済みますし」

一良《かずら》が2人をなだめる。

「プロティアとエルタイルには、あまりきつく当たらないで恩を売っておきましょう。仲良くしておいて、損はないですって」

「うむ。いがみ合ってもいいことはありませんからな。過去のことは水に流して、穏便にやっていくべきかと」

同意するナルソンに、ルグロもうんうんと頷いている。

「カズラさん」

そうしていると、バレッタが小走りで戻ってきた。

「フィレクシアさんが熱を出してしまっていて……呼吸音が変ですし、薬をあげたほうがいいと思うんですけど」

「む、それは大変ですね。漢方薬を何か――」

「カズラ、それならリポDをあげてみたら？」

リーゼがフォークを置き、簡易テーブルに置いてあったリポDを手に取った。

「あの人、体が弱いみたいだし、何かあったら困るでしょ？　せっかくだから、あっちに帰す前に超健康になってもらって、神様の力を体感してもらったら？」

「ああ、そうだな。そうしようか」

一良《かずら》が頷くと、リーゼはリポDを「はい」、とバレッタに差し出した。

バレッタはそれを受け取り、フィレクシアたちの馬車へと駆け戻って行く。

肉体の強化には継続して約2週間は日本の食料を摂取し続けないといけないので、やたらと体の調子が良くなったと体感するに留まるはずだ。

病気で寝込まれてカイレンの心証を悪くしてもいいことはないので、元気になってもらわなければならない。

「皆様、明日より進軍速度を速めます。バルベール軍の半包囲を完成させ、カイレン将軍に交渉の席に着かせなければなりません」

ナルソンが皆に語りかける。

「プロティアがムディアに到着すれば、万が一にもムディアが奪還されることはないでしょう。いよいよ、この戦争も大詰めです」

「一時はどうなることかと思いましたが、友を信じ、自由と権利のために剣を取れたことを誇りに思います」

「戦いが勝利に終われば、我が国とアルカディアは今まで以上の盟友となることでしょう。この友情は、両国が存続する限り語り継がれるはずです」

クレイラッツ軍の軍団長たちが、しみじみと言う。

「ようやく、か。長かったわね」

ジルコニアが穏やかな表情でつぶやく。

「こんな戦いは早く終わらせて、また穏やかな日々を取り戻しましょう。そのためにも、交渉は絶対に成功させないと」

「……ああ、そうだな。お前には苦労をかけた。本当に感謝しているよ」

改まって言うナルソンに、ジルコニアが微笑む。

「私こそ、感謝してるわ。今まで、本当にありがとう」

ジルコニアはそう言うと、さてと、と立ち上がった。

「先に休ませてもらうわね。おやすみなさい」

「ああ、おやすみ」

去って行くジルコニアの背を見つめるナルソン。

そんな彼の姿に、一良《かずら》は以前彼に言われた「ジルをよろしくお願いします」という言葉を思い返していた。

第3章　ジルコニア、調子に乗る

薄暗い天幕内でベッドに横になるフィレクシアは、朦朧とした表情をしていた。

呼吸は荒く目は潤んでおり、かなり具合が悪そうだ。

ぜいぜいと肩で息をしていて、呼吸音もどこか異音が混じっているように聞こえる。

用意された食事（こちらの世界のパンとスープ）はほとんど手付かずで、ティティスもフィレクシアを看病していて食べていない状態だ。

「フィレクシアさん、お水です。飲めますか？」

ティティスがコップを差し出す。

天幕の外にはセレットが控えているのだが、看病にはノータッチだ。

「うう……飲みたくないのですよ」

「少しでも水分を摂らないと。さあ、体を起こして」

ティティスに支えられ、フィレクシアが身を起こす。

コップに口をつけて一口分だけ含み、顔をしかめてごくりと飲み込んだ。

「ぎぼちわるいです……」

「我慢してください。吐くと余計に体力を消耗してしまいますよ」

そうしていると、バレッタがやって来た。

手には、リポDを1瓶持っている。

「フィレクシアさん、神の秘薬を持ってきました。もう大丈夫ですよ」

バレッタがリポDのフタを捻じって開け、フィレクシアに差し出す。

茶色い遮光瓶を見て、フィレクシアが目を丸くした。

「わわっ、それ、黒曜石の入れ物ですよね⁉　フタの構造も螺旋に……げほっ、げほっ！」

興奮して咳込むフィレクシアの背を、ティティスが撫でる。

そして、不思議そうにリポDを見つめた。

「こんなに綺麗な黒曜石の入れ物があるなんて……それに、秘薬とは？」

怪訝な顔をするティティスに、バレッタはにこりと微笑んだ。

「神の世界のお薬です。これを飲めば、1刻（約2時間）もしないうちにすっかり元気になりますよ」

「そ、それはすさまじいですね。カズラ様がくださったのですか？」

「はい。フィレクシアさんには、元気でいてもらわないとって。どうぞ、飲んでください」

「げふ、げふ。あの、麻薬のようなものではないのですよね？　副作用とかはあるのでしょうか？」

この世界にも、麻薬は存在している。

毒性のある植物やキノコを煎じたもので、幻覚作用や興奮作用があるものがいくつか知られている。

たいていの場合は飲んだ後に猛烈な胃の不調や吐き気、意識の混濁などを伴い、過剰摂取は死に直結する危険なものだ。

もはや毒そのものといってもいい代物であり、暗殺や謀略に使われることはあっても、好んで使うようなものではない。

以前、カイレンが食中毒の偽装に用いたクラボ草も、その1つである。

「副作用はありません。安心してください」

「分かりました。いただくのですよ」

フィレクシアがリポDを受け取り、まじまじと見つめる。

そして、えいやっ、と口に付けて傾けた。

「んぐ⁉」

「フィレクシアさん⁉　どうしました⁉」

目を見開いたフィレクシアに、ティティスが慌てる。

そんな彼女をよそに、フィレクシアはごくごくと喉を鳴らしてリポDを半分ほど飲んだ。

「ぷはっ……めっっっちゃくちゃ美味しいのですよ！　めちゃウマなのです！」

目を輝かせて、手の中のリポDを見つめるフィレクシア。

その様子に、バレッタはほっとした様子で微笑んだ。

「でしょう？　それ、薬なのにすごく美味しいんです」

「はい！　こんな美味しい飲み物、初めて飲みました！　ティティスさんも、一口飲んでみてください！」

「えっ？　で、ですが……」

ティティスが「どうしよう」、といった顔でバレッタを見る。

「大丈夫ですよ。飲んでみてください」

「……では、失礼して」

ティティスがフィレクシアからリポＤを受け取る。

鼻を近づけ、くんくんと匂いを嗅いだ。

「いい匂いですね」

そうして瓶に口をつけ、傾けた。

その瞬間目を見開き、瓶をまじまじと見つめる。

「……美味しい」

「ふふ。気に入りました？」

「はい。初めて口にする味です。甘くって、酸味があって……とにかく、すごく美味しいです」

ティティスがフィレクシアにリポDを返す。

フィレクシアは受け取るとすぐさま口をつけ、ごくごくと飲み始めた。

「んぐ、んぐ……はあ、美味しかったのです。水桶いっぱい飲みたいくらいなのですよ。げふ、げふ」

「あはは。また明日の朝に持ってきますから。ティティスさんの分も貰えるように、カズラさんにお願いしてみますね。すごく疲れた顔をしてますし」

「ありがとうございます。私たちのような立場の者に、かような施しをしてくださるなんて。さすがは慈悲と豊穣の神ですね。心より感謝いたします」

ティティスが柔らかく微笑む。

実のところ、ティティスは一良《かずら》が本物のグレイシオールかということについては、まだ信じてはいない。

神そのものが自分たちにまで正体を明かすだろうかという疑念があるため、神の代役として自分たちに神を自称しているのかも、と考えているのだ。

とはいえ、戦いの動画を見たことで神の力については疑う余地なしと判断している。

可能な限り一良《かずら》への心証を良くしておくべきだ、と考えていた。

――っていうふうに、きっとティティスさんは考えてるよね。

そんなことを考えながら、バレッタは「はい」と笑顔で頷いた。

――問題はこの人なんだけど……信じてくれるかなぁ。

バレッタの見立てでは、フィレクシアは神というものの存在をハナから信じていない様子なので、扱いが難しいと考えていた。

たとえ超常的な現象に見えても、突き詰めれば説明できないことはない、と考えているのではと感じているのだ。

――ティタニア様が魂を天に送るところを見てもらえば、もしかしたら……でも、余計なことはしないほうがいいのかな。

「フィレクシアさん。秘薬を飲んだので、食事は無理に食べなくても大丈夫です。ティティスさんは、食べられそうですか？」

「あ、すみません。すぐに食べてしまいますので」

ティティスが机に向かい、スプーンを手に取る。

「バレッタさん、この入れ物に書いてある文字……あ、なんでもないです」

口にスープを運んでいるティティスにギロリと睨まれ、フィレクシアがそそくさとベッドに横になる。

「え、ええと、それじゃあ私はこれで。何かあったら、入口にいるセレットさんに言ってくださいね」

「はい、ありがとうございました。ほら、フィレクシアさんも」

「ありがとうございました。げふげふ」

そうして、バレッタは天幕を出て行くのだった。


翌日の早朝。

そこには、元気に草原を走り回るフィレクシアの姿が。

「ぜんっかいしたのですよー！」

両手をぶんぶんと振り回しながら、ばたばたと大股で走り回るフィレクシア。

そんな彼女を止めようと、ティティスは静止の声を上げながら追いかけている。

シルベストリアとセレットも一良《かずら》の傍におり、万が一彼女らが逃げ出した時のためにと見張っていた。

「フィレクシアさん！　何やってるんですかっ！　待ちなさい！」

「今まで生きてきて、こんなに体の調子が良かったことは一度もなかったのですよ！　最高にハイな気分なのですよおおお！」

満面の笑みで走るフィレクシアは、まさに元気いっぱいといった様子だ。

そんな彼女の姿を、一良《かずら》はバレッタとリーゼと一緒に眺めていた。

「おお、ばっちり効いたみたいだな。よかった、よかった」

うんうんと頷く一良《かずら》に、バレッタが微笑む。

「ものすごく嬉しそうですね。ティティスさんもやつれ気味だった顔色が良くなってますし、これで一安心です。あんなに走ったら、ちょっと心配ですけど」

「あはは。リポDあげてよかったね！」

一良《かずら》たちが話していると、フィレクシアが駆け寄って来た。

一良《かずら》の前で立ち止まり、にぱっと明るい笑顔を向ける。

全身汗だくだ。

「はあっ、はあっ、カズラ様！　ほんっとうにありがとうございました！　まるで体が新調されたみたいに調子がいいのですよ！」

「はは、それはよかった。でも、あまり無理はしないでくださいね？　まだ病み上がりなんですから」

「はい！」

「はあ、はあ……フィレクシアさん、あなたって人は、もう……」

遅れて到着したティティスが、顎から汗を垂らしながら膝に両手をつく。

「いひひ。ティティスさんと駆けっこできる日が来るなんて、夢みたいです」

フィレクシアがティティスに振り返り、にこりと微笑む。

いつもなら少し走るとすぐに胸が苦しくなって咳込んでしまい、先ほどのように走ることなど、とてもできなかったのだ。

それが、たった一晩でここまで元気になれるなんて、とフィレクシアは感激していた。

そんな彼女に、ティティスも「そうですね」、と苦笑した。

こんなに嬉しそうにしている彼女を見るのは、ティティスは初めてだ。

「カズラ様。私の体は、もう普通の人みたいに健康になったのですか？」

フィレクシアが再び一良《かずら》に目を向け、期待の混じった顔で問いかける。

「いいえ、一時的に元気になっているだけです。なので、無理はしちゃダメですよ？」

「そうなのですか……」

フィレクシアが、少しがっかりした顔になる。

しかし、すぐに顔を上げて微笑んだ。

「あんなお薬があるなんて、本当にすごいです。どんな薬草を使ったって、ここまでの効能は出ないのですよ」

「秘薬ですからね。同じようなものを作ろうとしても、あなたたちには絶対に不可能です。私のこと、信じてくれましたか？」

「はい！　私なりに納得できる推察は立ったので、大丈夫です！」

何やら不穏な言いかたをするフィレクシア。

だが、疑うようなそぶりはもうなさそうなので、まあいいか、と一良《かずら》は頷いた。

そこに、ルグロがやって来た。

「おーい、カズラ！　そろそろ出発するってよ！」

「うん、分かった。フィレクシアさん、ティティスさん、馬車に戻ってくださいね」

「はい！」

「ご迷惑をおかけしました」

シルベストリアとセレットに連れられて、2人が馬車へと向かう。

「おっ。フィレクシアさん、元気になったみたいだな」

すれ違いざまに、ルグロがフィレクシアに声をかけた。

「はい！　おかげさまで、元気満々なのです！」

むん、と両手の拳を胸の前で握るフィレクシア。

それを見て、ルグロは「よかったな！」、と笑顔になる。

「元気になったついでに、交渉のほうもよろしく頼むぜ？　悪いようにはしねえからさ」

「はい！　必ずやカイレン様を説得してみせるのですよ！」

「おう、その意気だ。頑張れよ！」

自信満々といった様子のフィレクシアに、ルグロが右手の拳を差し出す。

フィレクシアは一瞬きょとんとした様子だったが、すぐにその意味を理解して、自身の右手をこつんとぶつけるのだった。

4日後の夜。

すべての兵士に米入りの粥を食べさせ、強化済みラタによる物資の運搬で驚異的な行軍速度を発揮したアルカディア・クレイラッツ連合軍は、目標地点であるムディア北西に到達していた。

今は、バルベール軍との戦闘に備え、大急ぎで近場の森から木を伐り出して防御陣地を設営しているところだ。

この位置からはムディアが視認できるのだが、カイレンたちが気づくのは、ムディアの真ん前に到着してからになるだろう。

ムディアへの道のりには途中に深い森があるため、斥候を出さない限りは存在に気づけないからだ。

「急げ！　バルベール軍の到着は間近だぞ！」

月明かりが辺りを照らすなか、ナルソンが兵士たちに檄を飛ばす。

バルベール軍が撤退を開始した後は、彼らがムディアに送った伝令には手を出さないことになっている。

カーネリアンにも、それは伝えてある。

受け入れ準備の要請に訪れたバルベール軍の伝令には、街に家族がいるバルベール兵を脅して応対させた。

今頃、カイレンたちは安心してムディアへと向かっているだろう。

彼らは付近の安全は確保されていると考えているようで、ムディアの周囲には斥候を出していない様子とのことだ。

ムディアの守備隊が常に斥候を出しているので心配はいらない、と伝えたからというのもある。

『やれやれ、ようやくラタばかり食う生活も終わったか』

一良《かずら》の隣で兵士たちの仕事を見ながら、オルマシオールが言う。

ウリボウたちはバルベール首都へと向かうカイレンの軍勢の伝令の妨害のみをすることになったので、もういいだろうとのことで戻って来たのだ。

ティタニアは兵士たちの仕事を手伝っており、荷車を器用に扱って、せっせと資材の移動を手伝っている。

「お疲れ様でした。やっぱり、ラタだけだと飽きちゃいますか？」

『砦での食事に慣れてしまうと、どうもな。まあ、狩ったのに食べずにおくのはよくないし、仕方がない』

「オルマシオール様、食事をお持ちいたしました」

そんな話をしていると、エイラとマリーが荷車に大鍋を載せてやって来た。

鍋にはたっぷりと肉シチューが入っており、ほかほかと湯気を立ち上らせている。

肉は、缶詰のチキンランチョンミートだ。

『おお、待ちわびたぞ。早く食わせてくれ』

「っ！」

「あわわ！」

ふらついたエイラとマリーの手から荷車の持ち手が離れてしまい、荷車が傾く。

とっさにオルマシオールが駆け寄り、熱々の鍋を両前足で支えた。

肉球に伝わる熱に、オルマシオールが「ギャンッ！」と悲鳴を上げて地面を転げまわる。

転落しかけた鍋の持ち手を一良《かずら》が掴み、間一髪のところで肉シチューが台無しになるのは避けられた。

「あっぶね！　オルマシオールさん、大丈夫ですか⁉」

オルマシオールが両前足にふーふーと息を吹きかけながら、こくこくと頷く。

「よ、よかった……今、桶に移しますね」

エイラがほっと息をつき、1人で鍋を持ち上げて大きな桶に肉シチューを流し込んだ。

どうぞ、とオルマシオールの前に差し出すと、彼はふうふうと息を吹きかけて冷まし始めた。

「……いよいよ、ですね」

その姿を見つめながら、エイラがぽつりと言う。

マリーは別の桶に水を注ぎ、オルマシオールに差し出している。

オルマシオールは肉シチューに息を吹きかけながら、桶に両前足を浸けて冷やし始めた。

肉球の角質層が、少し焼けたようだ。

「ですね。バルベールと講和が結べたら、ようやくこの戦争もひと段落着きますね」

「はい。早くイステリアに帰って、元の生活に戻りたいです。カズラ様との約束もありますし」

「そうですね。エイラさんの家のサウナ、楽しみだなぁ」

「ふふ、きっとお気に召しますよ。疲れなんて、一気に吹き飛んじゃいますから」

エイラが柔らかく微笑む。

戦況がかなり有利に展開しているということもあって、この後の作戦も上手くいくことを疑っていない様子だ。

「でも、もし日本に行けるのなら、雑誌に載っていたサウナや温泉に入ってみたいです。どうにかして、私も行けませんでしょうか？」

「あー。方法がないわけじゃ……あ」

一良《かずら》が言いかけると、エイラの表情が期待に満ちたものになった。

一良《かずら》は「しまった」といった顔で、慌てて自分の口を押さえる。

当たり前だが、手遅れだ。

「えっ！　そうなのですか⁉　どんな方法なんです⁉」

「い、いや、それがちょっとですね……違ってたらえらいことになりますし、そもそも本当にそんなことでって感じで」

「教えてください！　どうすればいいのですか⁉」

「え、えっと……ど、どうしよ」

「もう！　もったいぶらないで教えてください！」

「え、ええとですね。もしダメだった場合、洒落にならないというか、そもそもそう簡単にやっていいものじゃないというか――」

「教えてくださいってば！　何をどうすればいいんですか⁉」

「あばばば」

エイラが一良《かずら》の肩を掴み、ガクガクと揺する。

一良《かずら》が「えらいこと言っちまった」と考えながら頭をシェイクされていると、バレッタとリーゼがやって来た。

「カズラさん、夕食の準備が……って」

「エイラ、何してるの？」

一良《かずら》の肩を揺すっているエイラに、2人が怪訝な顔になる。

「カズラ様が、日本に行く方法があるっておっしゃったんです！」

「え⁉　何それ⁉　どうすれば行けるの⁉　ねえ！」

リーゼが一良《かずら》に駆け寄り、エイラと一緒に肩を揺する。

「あっあっあっ」

「ちょっと！　ふざけてないで教えてよ！」

「教えてください！」

「ま、まあまあ。日本に行くにしても戦争が終わってからになりますし、後で聞けばいいじゃないですか」

バレッタが割って入り、リーゼとエイラを引き剥がす。

「後でって、バレッタは気にならない……あ！　もしかして、バレッタは一良《かずら》から聞いてたりするんじゃないの⁉」

「えっ⁉　そ、そんなことないですよ！　私もさっぱり分からないです！」

「嘘つかないでよ！　本当はもう、日本に行ったことがあるんじゃないの⁉」

「バレッタ様、そうなんですか⁉」

今度はバレッタが2人に肩を掴まれ、ガクガクと揺すられる。

「本当に知らないんですって！　日本にも行ったことなんてないです！」

「嘘ついてたら承知しないよ⁉　吐くなら今だよ⁉」

「知りませんから！　それより、ナルソン様からの伝言があるじゃないですか！」

バレッタが言うと、リーゼは「そうだった」と手を放した。

エイラも渋々といった様子で、手を放す。

「え、ええと。バレッタさん、伝言って？」

そそくさとバレッタの後ろに隠れながら、一良《かずら》が聞く。

「アイザックさんから無線連絡が入って、エルタイルも同盟国側として参戦することが決まりました。明日にでも、軍をムディアに向けて出撃させるそうです」

「おお、それはよかった。これで、同盟国は元通りですね」

一良《かずら》がほっと息をつく。

日和見を決め込んでいたプロティアとエルタイルが動いてくれたのなら、クレイラッツが側面を気にする必要はもうない。

特にエルタイルは国土も広く、強力な海軍を保持しているので、バルベールにかかる圧力は絶大なものとなるだろう。

これから行う講和交渉の材料になるはずだ。

「後はバルベール軍の本隊がムディアに到着するのを待つだけ、か」

「はい。それで交渉がまとまれば――」

バレッタが言いかけた時、ルグロがジルコニアと一緒に走って来た。

「カズラ！　バルベール軍が、あと半日でムディアに着くらしいぞ！」

「えっ、ずいぶん早いね？」

ルグロの言葉に、一良《かずら》が驚く。

「連中、相当焦ってるんだな。あんなに急いだら、兵士もラタもバテちまうだろうに」

「ムディアに入れば休めるって思ってるからかな？　彼らの伝令がムディアとやり取りしたし、まさか陥落してるだなんて、夢にも思ってないよ」

「あ、そりゃそうか。そりゃあ、早く街で一息つきたいってなるよな」

「カズラさん、今から私が、フィレクシアを連れてムディアへ行ってきます」

ジルコニアの言葉に、一良《かずら》が顔をしかめる。

「ジルコニアさんが、ですか？」

「はい。ムディアの前で待ち構えていようかと」

「うーん……他の人に任せたらどうです？　何も、ジルコニアさんが行かなくても……」

「いいえ。私が行ったほうが、カイレンも話しやすいと思うので。捕虜になっている時に話しましたし、何となく人となりは分かりますから」

「それはそうですが……」

一良《かずら》としては、ジルコニアが恐ろしく強いことは分かってはいるが、敵の面前に立たせるのは心配で仕方がない。

彼女の弱々しい表情を何度も目にしている一良《かずら》としては、何かの拍子で彼女がどこかに消えてしまいそうに思えて、怖くて仕方がないのだ。

「カズラ、大丈夫だよ」

渋る一良《かずら》に、リーゼが口を挟む。

「矢が届かない場所で交渉すればいいんだし、罠が張ってある可能性だってないしさ」

「それでも、心配なんだよ。万が一ってことがあるし」

一良《かずら》が言うと、ジルコニアが頬に手を当てて照れた顔になった。

「もう、そんなに心配しなくても大丈夫ですよ。カズラさんのジルコニアは、ちゃんとあなたのところへ帰ってきますから」

「えっ」

「ちょっ、お母様！　何を言ってるんですか⁉」

「ふふ、冗談じゃないのよ？」

「まったく、そういう冗談は……はあ⁉」

いつもの冗談かとツッコミを入れたリーゼが、血相を変える。

「やっぱり、カズラとできてたんですか⁉　いつの間にくっついたんですかっ⁉」

リーゼがジルコニアの腕を掴み、ガクガクと揺する。

「もう結構経つわねぇ。あ、知ってる？　カズラさん、右のお尻にホクロがあるのよ？」

「はあああ⁉」

「いや、冗談だから。真に受けるな」

一良《かずら》がため息をつきながら言うと、ジルコニアが不満げな顔になった。

「バラすのが早いですよ。せっかく、面白くなってきたところだったのに」

「ジルコニアさんの冗談が酷すぎるんですって。いつもいつも、ほんと勘弁してください」

「あ、あはは……でも、ジルコニア様の言うとおりだと思いますよ？」

バレッタが苦笑して言う。

「え⁉　右のお尻にホクロがあるの⁉」

「そ、それじゃないです。カイレン将軍も、ジルコニア様が出て行ったほうが話しやすいかなって」

「でしょ？　ティティスとだって話したことがあるのは彼も知ってるし、私が無事を知らせたほうが、彼も安心すると思うし」

「……分かりました。でも、護衛はちゃんと連れて行ってください。オルマシオールさん、お願いできますか？」

一良《かずら》がオルマシオールに目を向ける。

彼は水桶に両前足を浸けたまま、あちち、といったふうに肉シチューを食べていた。

目だけを動かして一良《かずら》を見て、こくりと頷く。

「それじゃあ、オルマシオール様がそれを食べ終わったら行きましょうか。ナルソンに伝えてきますね」

そう言って、ジルコニアは去って行った。

ルグロはその背を見送り、一良《かずら》の腕をちょいちょいと引っ張る。

「なあ、一良《かずら》。ちょっとこっち来い」

「え？　何？」

ルグロが一良《かずら》の肩を抱き、こそこそと話し出す。

「神様の趣向はよく分かんねえけどさ。人妻はやっぱまずいんじゃねえか？」

「だから、本当に手なんか出してないって……」

「いや、でもさ。ダイアスさんの件もあるし、他の連中に示しがつかないから人妻はやめておけって。ナルソンさんだって可哀相だしさ」

「あのさ、手を出してる前提で話を進めるのはやめてくれないかな？」

げんなり顔でため息をつく一良《かずら》。

そんな彼の言葉を聞いてるんだか聞いていないんだか、ルグロはその後も「人妻はやめとけ」と繰り返すのだった。


数十分後。

一良《かずら》たちはバイクに跨るジルコニアと、サイドカーに乗るフィレクシアの下に集まっていた。

もしもの事態に備え、第1、第2騎兵隊が出撃準備を整えて待機している。

さらに、万が一に備えてオルマシオール率いるウリボウ軍団も同行する。

ティタニアは「陣地設営のお手伝いで疲れた」とのことでお留守番だ。

こういう時のための言いわけ作りでせっせと手伝っていたのかと、一良《かずら》たちは感心半分呆れ半分だ。

「これは何でできているのですか？　すごくピカピカしてますし、部品の形状はものすごく精巧ですし……うう、気になるのです」

フィレクシアがぺたぺたとバイクを触り、目を輝かせる。

「フィレクシアさん、お願いですから、余計なことは言わないでくださいね？」

ティティスがフィレクシアの肩に手を置きながら、心配そうに言う。

動画で見た航空機と似たようなものだろうと考えているので、特段驚いてはいない。

実際にバイクを目にした時には、「自分たちの世界にもすでにいくつか導入しているのか」と内心冷や汗はかいたのだが。

「もし間違いがあれば、我が国はあの人型の生き物たちのように滅ぼされてしまうんです。どうか、カイレン様を説得して講和交渉の席に着かせてください」

「大丈夫です！　きっとカイレン様も分かってくれるのですよ！」

フィレクシアがティティスに、自信満々といった様子で笑顔を向ける。

「私たちが見せてもらった戦いの様子を見れば、きっとカイレン様も分かってくれるはずです。

これもありますし、分かってもらえると思うのですよ」

フィレクシアがサイリウムの入った布袋を掲げる。

カイレンを説得する材料として、数本貰っていたのだ。

さらに、以前返却した防犯ブザーも借りている。

「お願いしますよ？　あのような惨事は、絶対に引き起こしてはなりません。国を存続させるには、同盟国との講和しかないんです」

「ですから、大丈夫ですって。ジルコニア様、早く行きましょう！」

フィレクシアがジルコニアに目を向ける。

バイクが動き出すのが楽しみで仕方がない、といった様子だ。

「ええ、そうしましょう。ムディアに行けば、数日ぶりにお風呂に入れるしね」

ジルコニアがキーを回し、ハンドルに付いているキルスイッチをRUNにし、セルボタンを押してエンジンをかけた。

じっとその様子を見ていたフィレクシアは、力強いエンジン音が振動とともに響き出すと、「おおっ！」と興奮した顔になった。

「ジル、大丈夫だとは思うが、気を付けるんだぞ」

ナルソンがジルコニアに声をかける。

「大丈夫よ。頼もしい護衛がたくさんいるし。ねえ？」

ジルコニアがウリボウたちに目を向けると、彼らは「おん！」と勇ましい声を上げた。

見送りに集まっている兵士たちの顔も、とても明るいものだ。

兵士たちにも、プロティアとエルタイルの参戦は伝えてある。

これで勝利は確実だと、皆の表情は活力に満ちていた。

「ジルコニアさん、よろしくお願いします。いってらっしゃい」

やや緊張した様子で言う一良《かずら》に、ジルコニアがにこりと微笑む。

「はい、行ってきます。すぐに戻ってきますからね」

「ジルコニア様！　早く！　早く動かしてください！」

待ちきれないといった表情で、フィレクシアがせがむ。

ジルコニアは「はいはい」と苦笑すると、アクセルを捻った。

ゆっくりとバイクが走り出し、フィレクシアが「おおー！」と歓声を上げる。

オルマシオールが腰を上げ、ジルコニアの前に立って走り出した。

数十頭のウリボウの集団も、その後に続く。

「……それにしても、ムディアが占領されていたとは。いまだに信じられません」

ジルコニアたちを見送りながら、ティティスが一良《かずら》に言う。

ティティスとフィレクシアには、ムディアの件については説明済みだ。

伝令を排除していたことも話してあり、情報伝達手段が完全に麻痺していることを、ティティスたちはその時初めて知った。

ウリボウたちにやらせたのか、とティティスが聞いてきたので、今さら隠す理由もないので、

「そうだ」と一良《かずら》は答えておいた。

「カイレン様たちは、そのことを知らないのですよね？」

「そのはずです。人質に取ったそちらの兵士に、さも占領されていないかのように振る舞わせて対応してもらいましたからね」

一良《かずら》が言うとティティスは、ふう、とため息をついた。

「私たちは、ずっとアルカディア軍の手のひらで踊らされていたのですね。蛮族の攻勢についても、とっくの昔に知られていたなんて」

ティティスが暗い顔になる。

伝令は潰され、遠方の情報も簡単に入手されてしまうとあっては、とてもではないがアルカディアに勝つことなど不可能だ。

むしろ、蛮族の攻勢を好機と見て、挟み撃ちで叩き潰されなかっただけ、自分たちは幸運なのだろう。

もしも一良《かずら》が……グレイシオールが他の神々を説得していなかったらと考えると、ティティスは心底恐ろしかった。

「カズラ様。私にできることなら、何でもいたします。どうか、我が国に慈悲をお与えくださ

い」

「善処しますよ。そのためにも、ティティスさん。カイレンさんを説得する時は、よろしくお願いしますね」

「はい。必ず」

ティティスは一良《かずら》の目を見つめ、しっかりと頷いた。

翌日の早朝。

ろくに休憩も挟まずに進軍を続けたカイレン率いるバルベール軍は、森の中の街道を抜けて、ムディアの防壁が見える場所にたどり着いていた。

ラタに跨り先頭を進むカイレン、ラッカ、ラースの3人が、やれやれとため息をつく。

「ようやく到着か。ああ、尻が痛ぇし眠いし、もうヘトヘトだよ」

ラースが疲れた顔で、自身の尻を摩る。

連日の強行軍と昨夜の徹夜での行軍でクタクタであり、ラタも兵士もバテバテだ。

やっとムディアで一息つけると、兵士たちは安堵の表情を浮かべている。

「休むのは、ほんの少しだぞ。急いでバーラル（バルベール首都）に戻って、北方戦線の立て直しをしないといけねぇからな」

若干やつれた顔で言うカイレンに、ラースが心底嫌そうな顔になる。

「まったく、勘弁してくれよ……しかし、アルカディア軍が本当に追撃してこないとは驚いたな」

「これだけ高速で移動すれば、たとえ追撃してきていたとしても追いつけませんよ」

ラッカが言うと、カイレンは頷いた。

「ああ。だけど、連中はこれを機に国内に進軍してくる可能性もある。あいつらが蛮族の大攻勢に気づく前に、大急ぎでカタをつけないとまずいな」

「それにしたって、連中が気づくのは何カ月も後だろ。市民には伏せてあるんだし、噂が広まるのはだいぶ先のはずだ」

「だからこそ、その時間を有効活用しないといけないんだよ。さすがに今の状況で挟み撃ちになると、俺らはかなり押し込まれることになる」

「ですが、ティティスさんたちのことはどうするんですか？」

ラッカがここ数日で何度目かになる質問を、カイレンに投げかける。

「もし戦闘になったら、下手をすれば彼女たちは殺されかねませんよ」

「……どうにかするさ」

苦渋に満ちた顔で言うカイレンに、ラッカとラースが顔を見合わせて肩をすくめる。

どうにかするとは言うが、どう考えてもどうにもならない。

捕虜としての価値があることは彼らも重々承知のはずなので、すぐに殺されるといったことにはならないだろう。

しかし、いざ戦闘となったら、カイレンを挑発するために辱めたり危害を加えたりすることは十分に考えられる。

はたしてその時、カイレンはどうするのだろうか。

ティティスに強く固執しているカイレンが冷静でいられるのか、ラッカは甚だ疑問だった。

「おっ、見張りの兵士が手を振って……ああ⁉」

城門の上から手を振っている人物を見つけたラースが、驚愕の声を上げた。

「ラース？　どうした？」

「お、おい！　あれを見ろ！」

ラースが城門を指差す。

カイレンとラッカが目を向けると、そこには大きな旗が風にはためいていた。

だが、旗に描かれている模様が、バルベール軍のものとは色も柄も違う。

「な……に……？」

「どうして、クレイラッツ国旗が……」

ぱたぱたとはためくクレイラッツ国旗に、3人は唖然とした顔になった。

「ど、どういうことだ⁉　ムディアが占領されてるってことか⁉」

ラースの叫びに、後続の兵士たちがぎょっとした顔になる。

その中にいた元老院議員たちも、一斉に驚いた顔になった。

「カイレン執政官！　今、何と言ったのだ⁉」

議員の1人が、ラタでカイレンに駆け寄る。

「……あれを見てください」

カイレンの視線を、議員が追う。

そして、言葉を失って固まった。

他の議員たちも、同様の表情で唖然としている。

「そんなバカな……」

「何かの間違いだろ……ムディアが陥落したなんて、そんなことがあるはずは……」

震える声で言う議員たちに、カイレンが振り返る。

「ええ、そのとおりです。昨日、伝令は確かに、受け入れ準備完了の報を持って戻ってきました」

「そ、そうだ！　あれは、撃破したクレイラッツ軍から奪った戦利品ではないのか⁉」

「なるほど、そうに違いない！　我らにそれを伝えようと、ああして見せつけているのだ！」

そうだそうだと騒ぐ議員たち。

カイレンは平静を装って頷きながらも、「まさかそんな」といった考えが頭の中をぐるぐる駆け巡っており、酷く混乱していた。

「カイレン！　あれを！」

その時、ラッカが焦った様子で北を指差した。

かなり遠目に蠢く兵士の集団を見て、カイレンが言葉を失う。

そこにひるがえっている軍団旗は、アルカディア王国のものだった。

「はぁーい！　カイレン将軍、見てるー？」

その時、ムディアの城門から、拡声器で増幅されたジルコニアの声が響いた。


「ふむ。足を止めたようですが、この旗が我が国のものだと気づいたようですね」

ジルコニアの隣で、カーネリアンが旗を見上げる。

街では外出禁止令が出されており、すべての市民が家の中に押し込められている状態だ。

いつ攻撃を受けても大丈夫なようにと、多数のクレイラッツ軍兵士が配置についている。

「そうですね。私が声をかける前に止まってましたし」

「さて、クタクタの状態で、連中はどう動くか見ものですね」

「ジルコニア様、それすごいですね！　声が大きくなったのですよ！」

フィレクシアがジルコニアが持つ拡声器を見つめ、瞳を輝かせる。

「便利よね。これさえあれば、発声練習なんてしなくてもいいし」

そう言いながら、ジルコニアは双眼鏡をのぞき込んだ。

部隊指揮官になるためには、声量の大きさも1つの条件となっている。

戦場では声を張り上げて指示を出さねばならないので、声の小さな者では指揮官たりえないからだ。

ジルコニアも発声練習はしており、相応の大声を出すことはできる。

女性の声はよく響くので、兵士たちの評判は上々だ。

「カイレンたち、驚きすぎて固まってるわね。ふふ、いい表情」

唖然とした顔になっているカイレンたちに、ジルコニアがもう一度拡声器を口に当てた。

「こーんにーちはー！」

「ジルコニア様、今は朝なのですよ」

「おはよーございまーす！」

その呼びかけはどうかと思う、とカーネリアンは苦笑しながら、カイレンたちを見つめる。

周囲のクレイラッツ兵たちは2人のやり取りが面白かったのか、くすくすと笑い声が聞こえてきた。

「あなたたちの大事なムディアは、クレイラッツ軍に占領されちゃってまーす！」

ジルコニアが双眼鏡をのぞきながら叫ぶと、バルベール兵たちがざわつく様子が見て取れた。

カイレンの隣にいるラッカが、大声で何やら指示を出している様子も見える。

その直後、斥候と思われる騎兵たちが、北に展開しているアルカディア・クレイラッツ連合軍の防御陣地に向けて駆け出した。

それがアルカディア軍なのか、近づいて確かめるつもりなのだろう。

「あなたたちの左手に見える軍勢は、アルカディアとクレイラッツの大軍団でーす！　街も兵士で大混雑してますよー！」

ジルコニアが楽しげに、声を張り上げる。

今まで散々苦労させられてきた敵軍が動揺しているのが、楽しくて仕方がなかった。

「あなたたちはもう逃げられませーん！　大急ぎで行軍しちゃったからヘトヘトですよねー？　食料だってほとんど残ってないでしょー？　そんな状態で私たちと戦えるんですかー？」

「ジ、ジルコニア殿。あまり煽るような言いかたはやめたほうが」

カーネリアンが焦り顔でたしなめる。

「大丈夫ですよ。あっちの兵士たちを動揺させたほうがやりやすいですし、煽るくらいでちょうどいいじゃないですか」

「しかし、これから交渉しようというのに、小馬鹿にした言いかたは……」

「まあまあ。私に任せてください」

「ジルコニア様、名乗らないとですよ！　あと、私のことも！」

フィレクシアの指摘に、ジルコニアが「あっ、そうだった」と漏らす。

「私はジルコニア・イステールでーす！　フィレクシアも一緒にいまーす！」

「いますよー！」

フィレクシアが合いの手のように続く。

何だか楽しそうだ。

「今戦ったら、すんごい被害が出ちゃいますよー！　大勢が死ぬことになりますねー！　どうでしょう、この辺で一度、話し合いをしてみませんかー？」

ジルコニアが言葉を発する間にも、カイレンたちは何やら怒鳴り合っている様子だ。

彼らの背後では兵士たちが大急ぎで戦闘隊形を取り始めており、続々と後続が森の外へと出てきている。

「もちろんタダでとは言いませんよー！　フィレクシアをお返ししますからー！」

ジルコニアが言うと、フィレクシアがカイレンたちにぶんぶんと手を振った。

かなり遠いが、きっと分かるはずだ。

「さて、行きましょうか。フィレクシア、行くわよ」

「はい！」

ジルコニアとフィレクシアが、階段を駆け下りる。

ジルコニアはバイクに跨り、フィレクシアはサイドカーに乗り込んだ。

バイクを使う理由は、オルマシオールやウリボウたちが一緒だと、ラタが怯えて使い物にならないからだ。

カーネリアンが階段下の兵士に声をかけ、城門を開けさせる。

「ジルコニア殿。よろしくお願いいたします」

「任せてください。兵士たちには臨戦態勢を取らせておいてくださいね」

ジルコニアがバイクのエンジンをかけると同時に、お座りしていたオルマシオールが腰を上げた。


「連中、なかなか来ないわね」

城門から300メートルほどの位置にやって来たジルコニアが、バルベール軍を眺めながら言う。

彼らは今も戦闘隊形を構築中で、カイレンはラッカ、ラースと何やら話し合っている様子だ。

オルマシオールは3頭のウリボウと一緒に、バイクの前でお座りしている。

残りのウリボウたちは、城門の前でお留守番だ。

「ジルコニア様、さっきの声を大きくする道具を、私に使わせてほしいのですよ」

「ええ、いいわよ。早く来いって、呼びかけてくれる？」

「はい！」

フィレクシアが拡声器を受け取る。

「そこのボタンを押しながら話して。声が大きくなるから」

「分かりました！」

フィレクシアがわくわくした顔で、ボタンを押し込む。

そして、大きく息を吸い込んだ。

「カイレン様ー！　フィレクシアなのです！　こちらに来てくださーい！」

フィレクシアの声が、辺りに響く。

すると、カイレンがこちらに向かって駆け出した。

隣にいたラッカとラースが、慌ててその後を追う。

「おっ、来た来た。よくやったわ」

ジルコニアがフィレクシアの頭を、ぽんぽんと撫でる。

拡声器を返してもらい、口に当てた。

「はーい、そこで止まってくださいねー」

カイレンたちが20メートルほどの距離に近づいたところで、ジルコニアが言う。

彼らは素直に従い、ラタの足を止めた。

というよりも、オルマシオールの姿に怯えたラタが勝手に止まってしまった。

いななき暴れ出しそうになるラタを、カイレンたちは慌ててなだめる。

「こ、こら！　落ち着け！」

「ああ、ちくしょう！　おい、ウリボウどもを離れさせろ！」

ラースの怒鳴り声に、オルマシオールがジルコニアに振り向く。

彼女がこくりと頷くと、オルマシオールたちは少し後ろに下がった。

ようやくラタが暴れるのを止め、カイレンたちがジルコニアに向き直る。

「おい、どうしてお前らがここにいるんだよ⁉　あの軍勢は何だ⁉」

激怒した様子で、カイレンが怒鳴る。

「どうしても何も、砦から出て来ただけだけど？」

きょとんとした表情で、ジルコニアが答える。

煽る気満々だ。

「ふざけるな！　撤退の邪魔はしないって約束だろうが！」

「だから、邪魔はしなかったじゃない。約束したのは、『砦からの撤退』のはずでしょう？」

「そういうのは屁理屈って言うんだよ！」

「ジルコニア将軍。あなたたちは、いつムディアを占領したのですか？」

カイレンとは違い、冷静な声色でラッカが尋ねる。

「んーと……7日前くらいかしら」

「そんなはずはありません。つい半日前に、私たちはムディアに伝令を出しました。その時は何も――」

「ムディアの兵士たちに、何事もないように応対させただけよ。少し考えれば、分かると思うんだけど？」

「ちょっと、ジルコニア様！　もっと柔らかく言うのですよ！」

フィレクシアがはらはらした様子で窘める。

「あら、ごめんなさいね。今までのことを思い出したら、どうしても意地悪したくなっちゃって」

「おい、フィーちゃん。何を仲良さそうに話してんだコラ」

ラースがイラついた様子で、フィレクシアを睨む。

「ラースさん。いろいろと思うところもあると思いますが、まずは話を聞くのですよ。ジルコニア様は、講和の話をしようとしているのです」

「ああ？　講和だぁ？」

ラースが顔をしかめ、ジルコニアを見る。

「ええ、そうよ。率直に言うけど、あなたたち、北の蛮族から大攻勢を受けてボロボロなんでしょう？」

ジルコニアの言葉に、カイレンたちが目を見開く。

「現状、私たちと蛮族に挟み撃ちにされてる状態よね？　北の守備隊は全面撤退してるし、ムディアは陥落しちゃってるし、プロティアとエルタイルはこちら側に立って軍を動かし始めたし。かなりまずいんじゃないの？」

「プロティアとエルタイルが？」

額に汗を浮かべ、カイレンが絞り出すように言う。

「ええ。つい先日連絡が来たの。バルベールはもうダメだって判断したみたいよ？　まったく、今さらどのツラ下げてって気もするけど」

「……」

「あ、言っておくけど、蛮族のことはティティスやフィレクシアがしゃべったわけじゃないわよ？」

「へえ。なら、どうやって知ったってんだ？」

「彼らが見てきてくれたのよ」

ジルコニアが背後のオルマシオールたちを見る。

「ふざけるな！　あのケダモノが人の言葉を話せるっていうのかよ！」

『話せるとも』

突如頭の中に響いた声と強烈な眠気に、カイレンたちが大きくよろめく。

フィレクシアは速攻で意識を失い、サイドカーに座ったまま、ぐう、と寝息を立て始めた。

「なっ……んだ、今のは……」

「あ、頭の中に、声が……」

カイレンとラッカがふらつきながらも、ラタにしがみつく。

ラースは怒りの表情で折れている右手に力を込め、その痛みで意識を覚醒させた。

背負っている大剣を左手で掴み、一息で引き抜く。

それと同時に、吊っている右腕を口元に当てた。

ジルコニアがフィレクシアの頭を小突き、目を覚まさせる。

「カイレン、毒だ！ 離れるぞ！」

「はあ？ あなた、バカなの？」

「ああ⁉」

呆れ顔で言うジルコニアに、ラースが怒鳴る。

「こんなだだっ広いところで、どうやってあなたたちだけに毒を吸わせるのよ。ちょっとは頭を使ってよ」

「ラースさん！ そこのおっきなウリボウは神様なのです！ オルマシオール様なのですよ！」

フィレクシアが言うと、３人が唖然とした顔になった。

「フィレクシア、お前……」

「まさか、洗脳されているとは……いったい、彼女に何をしたのですか？」

愕然としているカイレンと、憎悪の視線をジルコニアに向けるラッカ。

ジルコニアは「ああもう」と頭をかいた。

「いいから、話を聞きなさいよ。私は、あなたたちに講和の提案をしに来たの」

「何が講和だ！　てめえ、ティティスに何かしてやがったら許さねえぞ！」

「だから、何もしてないって」

「カイレン様、これを見るのですよ！」

フィレクシアが懐からサイリウムを取り出す。

「本当に、神様が出現したのです！　これは、中に光の精霊の力が込められている道具なのですよ！」

フィレクシアがサイリウムを折り曲げる。

パキパキと音を立てて折れた部分が赤く光り輝き、そのままぶんぶんと強く振った。

強い光を放つサイリウムを見て、カイレンが目を丸くする。

「私はグレイシオール様と会ったのです！　私たちが乗って来た乗り物も、彼が供与したものなのです！　他にも、とんでもない兵器をたくさん持っていたのですよ！」

「……バカなこと言うな。それは、何か仕掛けがあるただの道具だろ。神様なんて、この世には――」

「本当なのです！　信じてください！」

カイレンの言葉をさえぎり、フィレクシアが叫ぶ。

「このままだと、私たちの国は一晩のうちに破壊し尽されてしまうのです！　証拠を見せますから、どうか一緒に来てください！」

必死の形相のフィレクシアに、ラースが、ぺっと唾を吐き出す。

「何を言い出すかと思えば、一緒に来いだぁ？　そのまま俺らを殺すつもりなんだろうが」

「ラースさん、本当なのです！　信じてくださいってば！」

「おい、カイレン。フィーちゃんはもうダメだ。これは、単なる時間稼ぎだ」

「ラースさん！」

「なら、どうすれば信じてくれるの？」

ジルコニアが困り顔で言う。

「今のあなたたちの状況を考えてみなさいよ。食料の手持ちはわずかで、補給もできない。無理な行軍で兵士たちは疲労困憊。ムディアは占領されてて、北には敵の大軍団が陣を張って待ち構えてる。戦ったら、間違いなく全滅するわよ？」

「……」

カイレンが押し黙る。

斥候が北の軍勢を確認しに行ってはいるが、ジルコニアの言っていることはブラフではないだろう。

ムディアが占領されてしまっているのが、その証拠だ。

北にいる軍勢は、ざっと見ただけでも数万はいる。

砦から自分たちを追い抜いて陣を張ったというのがたとえ嘘で、あそこにいるのがクレイラッツ兵だったとしても、戦えばとんでもない被害が出るだろう。

完全に、この状況は詰んでいるのだ。

「その証拠というのを、この場で見せることはできないのですか？」

カイレンに代わり、ラッカが問いかける。

「うーん……別にいいけど、ちょっと見づらいわよ？」

「見づらい、とは？」

「そのままよ。３人とも、こっちに来なさい」

「「「……」」」

ちょいちょいと手招きするジルコニア。

当然ながら、誰も動かない。

「何もしないって。ほら」

ジルコニアが腰から長剣と短剣を抜き、後ろに放り投げる。

オルマシオールが長剣を、ウリボウの１匹が短剣を口でキャッチした。

「オルマシオール様、ウリボウたちと、ムディアに戻っててください」

『……気をつけろよ』

オルマシオールが言い、ウリボウたちと駆け戻って行く。

再び襲った強烈な眠気に、カイレンたちがよろめく。

ぐう、と寝てしまったフィレクシアの頭を、ジルコニアがまた小突いた。

「ほら、これでいいでしょう？　あなたたちも武器を置いて、こっちに来なさい」

「……お前ら、行くぞ」

「お、おい！」

「兄上、行きましょう」

カイレンがラタを降り、剣を抜き地面に置いて、ジルコニアに歩み寄る。

ラッカにうながされて、ラースもそれにならった。

ジルコニアはポケットから、スマートフォンを取り出した。

「ええと、この花みたいなマークを押して、と」

「それは何だ？　何やってんだ？」

ポチポチとスマートフォンを操作するジルコニアに、歩み寄ったカイレンがいぶかしむ。

「えっとね。これは、スマホっていう道具なの。これ、見てくれる？」

ジルコニアがスマートフォンの画面を、カイレンたちに向ける。

そこには、数日前に一良《かずら》がティティスとフィレクシアに見せた、映画の切り抜き動画が映っていた。

「……は？」

小さな画面の中に映し出された映像に、カイレンが唖然とした声を漏らす。

ラッカとラースも、目が点になっていた。

「これはね、ここと別の世界で行われた戦いの様子なの」

「別の世界、だと？」

「な、何なのですかこれは……いったい、何が……」

食い入るように動画を見るカイレンとラッカ。

信じられない、といった顔で、額に汗を浮かべている。

「すごいわよねぇ。空に浮かぶ島があるだなんて。私も初めて見た時は驚いたわ」

「ジルコニア将軍。これはいったい何なのですか？　別の世界と言われても、我々にはさっぱり――」

「別の世界は別の世界よ。こんなふうに、いつでも見返せるように記録できるんですって」

ジルコニアが困り顔で言う。

「私たちが生きてるこの世界とは別に、こういう場所もあるってことよ。夜に星が見えるでしょう？　あの数だけ、いろんな人や動物が暮らしてる別の世界があるの」

「い、いや、そう言われても……」

「あまりにも遠すぎて見えないだけで、そういう場所が存在するのよ。別に理解できるなんて思ってないから、そういうものなんだって思ってて」

適当な説明をするジルコニア。

星については、一良《かずら》と一緒に見た映画で得た知識が元の推察だ。

戸惑うラッカとは違い、ラースは動画を見ながら、「……そういうことかよ」とつぶやいた。

「お前のあの、化け物みたいな強さは、これが理由か」

「ええ、そうよ」

ジルコニアがにこりと微笑む。

「グレイシオール様に、力を授けてもらったの。今の私なら、この場であなたたち3人を素手で殴り殺すことだってできる」

ジルコニアがスマートフォンをカイレンたちに向けながら、懐から1アル銅貨を取り出した。

左手の指先でそれを摘まみ、ぐにゃりとくの字に折り曲げた。

「はい、どうぞ。あなたに曲げることができる？」

差し出された曲がった銅貨を、ラースが受け取る。

「……」

ぐっと力を込めるが、当然ながらびくともしない。

両手でやれば曲げられるかもしれないが、ジルコニアのように片手で、しかも指先だけの力で曲げることなど不可能だ。

「全員じゃないけど、こっちの兵士たちのいくらかは、私みたいな力を持っているわ。砦でのあなたたちはどうにかして乱戦に持ち込もうとしてたみたいだけど、そうなっても簡単に返り討ちってわけ」

「……クソが。こんなの、反則だろ。単純な話、よその連中からテコ入れされてるってことだろうが」

ラースが悔しそうに言い、その場にどかりと腰を下ろした。

「それで？　俺らにどうしろって言うんだよ？　逆らったら、今見せてるような状況に俺たちを追い込むってのか？」

「そうよ。理解が早くて助かるわ」

ジルコニアが可愛らしく微笑む。

「お、おい、ラース！　信じるってのか!?」

カイレンが慌てて言うと、ラースは怪訝な顔を彼に向けた。

「あ？　こうして見せられちゃ、信じるしかないだろうが。アルカディアが急に持ち直したり、騒音を撒き散らすっていうちっこい道具を使ったり、全部説明がつくだろ。俺たちは、神って連中に遊ばれてたんだよ」

「……」

カイレンが押し黙り、再び動画に目を向けた。

ちょうど航空機の編隊がミサイルを発射しているシーンで、阿鼻叫喚の地獄絵図が流れている。

そのあまりにも一方的な戦いの様子に、ラッカがごくりと唾を飲み込んだ。

「2人が乗って来た乗り物を見てみろ。その板に映ってる、空を飛んでる乗り物も似たようなものに見えるだろうが。疑えってほうが無茶だろ」

ラースの言い分に、カイレンとラッカが唸る。

動画が終わり、ジルコニアがスマートフォンをズボンのポケットにしまう。

「私たちを助けてくれてる神様たちはね、あなたたちなんて皆殺しにしちゃえばいいって言ってるの」

ジルコニアが言うと、カイレンが青ざめた顔で彼女を見た。

「皆殺しだと……これと同じことを、俺たちにもするっていうのか?」

「ええ。でもね、グレイシオール様だけは反対してるのよ」

「反対？　どういうことだ？」

カイレンがジルコニアを見る。

どうやら、ラースのおかげで彼も動画を真実と受け止めた様子だ。

フィレクシアのように「幻覚か何かからくりがある」と言い出さなくてよかったと、ジルコニアは内心ほっとした。

「えっとね。『自分たちを信仰する者たちを救うのは当然にしても、こんなふうに大虐殺するのはいくらなんでもやりすぎだ』って言ってて。ほら、グレイシオール様って慈悲と豊穣の神様でしょう？　あなたたちにも、慈悲を与えたいみたいなのよ」

「つうってえと、グレイシオール以外の連中は、『やっちまえ』って言ってんのか？」

ラースが顔をしかめて言う。

「うん。それを、今までグレイシオール様が止めてたの。この世界に与える影響が大きすぎるとか、あれこれ理由をつけてね」

「はっ。ずいぶんと心優しい神様だこって」

けっ、とラースが不機嫌そうに吐き捨てる。

「だからね、あなたたちにとって、今が最後のチャンスなのよ。講和交渉だって、他の神様とか将軍たちは、『そんなことをする必要はない』って言ってるし。今までの報いを受けさせるべきだって」

「1つ聞きてえんだが、どうして今さら手を出して来たんだよ？　11年前だって、お前らは危機的状況だったのに、放置だったんだろ？」

「さあ？　そんなこと私に言われても分からないわ。神様たちにも都合があったんじゃない？」

「……もし、ここで俺らが拒否したら、バルベールは一巻の終わりってことか」

カイレンがジルコニアを見る。

「だが、講和をしてどうなる？　交渉っていっても、そっちの言いなりになれってことだろ？　国を解体しろって言うんじゃねえだろうな？」

「それがねぇ……私はそうするべきだと思うんだけど、グレイシオール様は存続させろって言うのよ」

ため息交じりに言うジルコニアに、カイレンが驚く。

「どういうことだ。具体的に言え」

「北の蛮族のことよ。ここでもし、バルベールを焼き払ったら、あなたたちに襲い掛かってる蛮族にも対処しないといけないでしょう？」

「そうなるだろうな。俺たちが滅ぼされたら、これ幸いとあいつらは全土を制圧しようとするだろう」

「そうよね。だから、バルベールは戦力を残したままにしておいて、蛮族とアルカディアの間で緩衝材になってもらおうってことなの」

「……なるほどな」

カイレンが納得した顔で頷く。

「要は、バルベールをアルカディアの従属国にしようっていうんだな？」

「そういうこと。あと、こっちの国民も納得させないといけないから、ある程度の国土の割譲はさせてもらうわ。どれくらいの範囲になるのかは、講和交渉の席で決めることになるわね」

「カイレン様、そういうことなのですよ」

黙って話を聞いていたフィレクシアが、口を開く。

スマートフォンを見た時は口を挟みそうになったが、ぐっと堪えて黙っていたのだ。

「このままアルカディアと敵対を続けても、私たちには暗い未来しか残されていないのです。でも、講和すれば、少なくとも国は存続するのですよ」

「フィレクシアの言うとおりよ。あなたたちや元老院議員の地位と安全についても保障するって、グレイシオール様は言ってるわ」

「カイレン、とりあえず、交渉の席には着くべきです」

ラッカがカイレンを諭す。

「現状、我らの軍は戦える状態にありません。もし今見せられたものに何らかのからくりがあって、彼女の言うことが嘘だとしても、ここで戦って大損害を受ければ、蛮族と戦う戦力を失うことになります」

「だから、嘘じゃないって言ってるじゃないの。あなたには、これが作り物に見えるって言うの？」

ジルコニアが動画をもう一度再生し、ため息をつきながらラッカに向ける。

ラッカはたじろぎながらも、ジルコニアを睨んだ。

「それは分からないでしょう。演劇か何かを、こう……見れるように、この板に記録したのでは?」

「……本気で言ってるなら、私はあなたのことをバカだと思うことにするわよ」

「……」

自分でも間抜けなことを言ってしまったという自覚のあるラッカは、顔を赤くしてうつむいた。

ジルコニアが呆れ顔で言う。

実際のところ、ラッカの言ったことは大当たりなのだが。

「とりあえず、あなたたちはこっちの陣地に来てくれない? ナルソンや殿下たちが、講和交渉の準備をして待ってるから」

「いや、その前に、他の軍団長や執政官に状況を伝えないとダメだ」

カイレンが真剣な表情でジルコニアを見る。

「俺は臨時執政官って立場だが、交渉の席に着くにはもう1人の執政官に賛同してもらわないといけない。少し時間をくれ」

「そう。分かったわ。フィレクシア」

ジルコニアがフィレクシアを見る。

「バイクから降りなさい。解放よ」

そう言うと、フィレクシアが驚いた顔になった。

「えっ。で、でも、まだ講和交渉するって決まったわけじゃないのですよ」

「それでも、約束は約束だから。ほら、降りなさい」

「うー……」

フィレクシアが渋々といった様子で、サイドカーから降りる。

ジルコニアは、腰に付けていた無線機を手に取った。

「こちらジルコニア。ナルソン、聞こえる？　どうぞ」

『こちらナルソン。講和交渉はできそうか？　どうぞ』

「うお⁉」

「は、箱から声がしたぞ」

無線機から響いた声に、カイレンとラースが驚いて目を剥く。

「ああもう、これは夢ではないのですか……頭がおかしくなりそうだ」

ラッカが頭を抱えて唸る。

初めて無線機を目にするフィレクシアも、口を半開きで目が点になっていた。

「えっとね。交渉の席には着くって言ってるんだけど、もう1人の執政官の賛同が必要なんですって。説得に時間がほしいそうよ。どうぞ」

『分かった。だが、こっちでもリブラシオール様やガイエルシオール様たちが騒ぎ出してしまっていてな。グレイシオール様が必死に止めてはいるが、あまり時間がかかると攻撃を強行しそうな様子なんだ。どうぞ』

「ええ⁉ そんなに怒ってるの⁉ どうぞ」

『ああ。さっさと皆殺しにしてしまえばいい、と口々におっしゃって――』

『だーかーら！ バルベール人なんてクズどもは、全員街ごと焼き殺してしまえばいいじゃないの！』

『リブラシオールの言うとおりだ。奴らを生かしておく価値などない。神の軍勢を今すぐ呼び寄せるべきだ』

『ですから、それはやりすぎだと言っているでしょう！』

ナルソンの言葉に被せるようにして、若い女の声とくぐもった男の声、一良《かずら》の声が響く。

女の声はマリーで、男の声は鼻を摘まんだ一良《かずら》のものである。

一良《かずら》がマリーに協力してもらい、即興で演じているのだ。

フィレクシアはマリーの声を聞いて、「どこかで聞いた声のような？」と小首を傾げている。

『……こういう状況なんだ。急いだほうがいいと、彼らに伝えてくれ。どうぞ』

「分かったわ。通信終わり」

ジルコニアが無線機を腰に戻し、カイレンたちを見る。

その頬はぴくぴくと微かに痙攣していて、必死に笑いを堪えていた。

カイレンたちは一様に愕然とした顔をしており、無線機を見つめている。

「ま、まあ、こういうわけだから、なるべく急いでね？」

「あ、ああ。分かった。できれば、貴君も来てくれるとありがたいんだが」

「この状況で？　嫌に決まってるでしょ」

ジルコニアが呆れ顔で言う。

「なら、その板を借りることはできないか？」

「ダーメ。そうそう他人に預けられるものじゃないし。連中に見せたいなら、そちらが出向きなさい」

「むう……」

カイレンが顔をしかめる。

もう1人の執政官であるエイヴァーや、他の議員たちに自分が説明したところで、納得してくれるとはとても思えない。

だが、ジルコニアの言うことももっともだ。

「……分かった。すぐに、そちらの陣地に連れて行く。それでいいか？」

「ええ。早くしてね？」

カイレンは頷くと、フィレクシアに目を向けた。

「フィレクシア。悪いんだが、もう少しだけジルコニア殿と一緒にいてくれ。今戻って来ると、何を言われるか分かったもんじゃない」

「分かりました。ティティスさんと一緒に、いい子にして待っていますね」

フィレクシアがほっとした様子で微笑む。

もっと揉めるかと思ったが、動画と無線機を目の当たりにして、カイレンたちは信じてくれた様子だ。

これまで、散々攻撃を仕掛けても圧倒的な火力で撃退されていたからこそ、というのも大きいだろう。

あとは講和交渉だけなので、自分の出る幕はない。

人質としては軽んじられた感は否めないが、こうして交渉の場に出れたおかげで、ティティスよりも役に立つことができてカイレンの印象にも残ったはずだ。

「あっ、ジルコニア様。これをカイレン様に渡してもいいですか？」

フィレクシアがサイリウムを振る。

「ええ、いいわよ。渡してあげなさい」

「はい！　カイレン様、どうぞ！」

フィレクシアが差し出すサイリウムをカイレンは受け取り、まじまじと見つめた。

「……美しいな。光の精霊の力、か」

「そうなのです。それを見せながら、エイヴァーさんたちを説得してください」

「ああ。ラッカ、ラース、行くぞ」

「へいへい」

「信じてくれるとは、とても思えませんがね……」

カイレンたちは置きっぱなしだった剣を拾ってラタに飛び乗ると、自軍へと駆け戻って行った。

「さてと、帰りま……ずいぶんと嬉しそうね？」

にこにこしているフィレクシアに、ジルコニアが小首を傾げる。

「やっと、私もカイレン様の役に立てたのです。カズラ様も、戦後は技術交流してくれるって約束してくれましたし、これからもっともっと役に立つのですよ！」

いひひ、とフィレクシアが嬉しそうに、サイドカーに乗り込む。

「ええ？　カズラさん、そんな約束したの？」

「はい！　手始めに、あの螺旋形状の留め具の作り方を教わりたいのです」

「ふうん。ま、上手くいくといいわね」

そう言いながら、ジルコニアはバイクに跨った。

「おい、カイレン。本当に講和交渉に乗る気なのか？」

自軍へと向かってラタを走らせながら、ラースがカイレンに尋ねる。

「乗るしかねえだろ。あんなものを見せられたら、抵抗なんてできっこねえよ」

「そりゃそうだけど、議員連中が素直に言うことを聞くとは思えねえぞ」

「だろうな。死んでもらうしかないな」

「……なんだって？」

カイレンの言葉に、ラースが険しい顔で問い返す。

「まさか、逆らったら切り捨てるっていうのか？　いくら執政官でも、そりゃ無理だろ」

「……いえ、そうではありません。アルカディア軍に殺させるんです。そうですよね？」

ラッカがカイレンに目を向ける。

「そのとおりだ。さすがラッカ、よく俺の考えてることが分かったな」

「今までどれだけ、あなたの無茶に付きあってきたと思ってるんですか。あなたの考えそうなことは、手に取るように分かりますよ」

「おいおいおい！　何だよ2人だけで！　俺にもちゃんと説明しろ！」

「分かった、分かった。だけど、説明できるのはこの場だけだ。あっちに戻ったら、俺とお前らは別に動け。絶対に、他の連中には気取られるなよ」

カイレンが真剣な表情で2人を見る。

「俺は、エイヴァーにありのままを説明する。この作戦もすべてだ」

「カイレン、エイヴァーを生かしておいていいのですか？」

ラッカが心配そうにカイレンを見る。

「ああ。あいつが死んで別の奴が執政官になるよりは、生かしておいたほうがいい。何より、この講和交渉にも、市民への説明にも、あいつは必要だ」

「私たちは何をすれば？」

「あっちに戻ったら、俺たちは敵同士だ」

カイレンが前を見つめながら、2人に言う。

「あっちで俺が議員たちに説明を始めたら、その場では同調するそぶりをしろ。その後、俺はヴォラス派の議員以外を引き連れて、アルカディア陣地に行く。そしたら、思いっきり俺のことをヴォラス派の連中の前で罵倒しろ。敗北主義者だとか、売国奴だとか言ってな」

「どういうことだよ。そんなことして、その後、何をしろっていうんだ？」

ラースが怪訝な顔で言う。

「連中を煽って、全軍を動かすように仕向けろ。北に強行突破するように、連中を仕向けるんだ」

カイレンはそう言い、北に陣を引く同盟軍に目を向けた。

「奴らには、逃げる議員たちを、あの長射程兵器で狙い撃ちさせる。必ず上手くいくさ」

「……お前、ろくな死にかたしねえぞ」

顔をしかめて言うラースに、カイレンは何も答えなかった。

第4章　講和の条件

約1時間後。

ムディア北西の防御陣地で、一良《かずら》たちはバルベール軍を眺めていた。

彼らは相変わらず軍勢を戦闘隊形に整えつつあり、すべての軍勢が森を出てきている様子だ。

ティティスとフィレクシアも一緒で、心配そうにバルベール軍を見つめている。

「おいおい……あいつら、ひょっとして戦うつもりなんじゃねえだろうな?」

双眼鏡に目を当てているルグロが、心配そうに言う。

「さすがにそれはないんじゃないかな? ここで戦ったら、どう考えても負け戦になるだろうしさ」

「カイレン将軍たちはお母様の話を信じたんですし、きっと大丈夫ですよ」

一良《かずら》とリーゼが言うと、ジルコニアが頷いた。

「思いっきり青ざめてたし、大丈夫よ。フィレクシアだってこっちに残させたくらいだし、戦う気はないでしょ」

「だといいんだけどな……で、交渉内容なんだけどさ」

ルグロが双眼鏡を下ろし、ナルソンを見る。

「とりあえずは停戦で、要求は後回しってことだな?」

「はい。いきなり過度な条件を突きつけては、彼らも首を縦には振りませんので」

「ナルソン様、ルグロ様。どうか国民の奴隷化といった苛烈な要求はしないでいただけませんでしょうか?」

ティティスが懇願するように言う。

「賠償金の支払いや領土の割譲なら、どうにか折り合いがつくかたちでまとまると思います。奴隷化や財産の没収となると、暴動が起きかねませんので」

「あ? そんなことしねえって」

何言ってんだ、といった口調でルグロが言う。

「当面の敵は蛮族なんだからさ。バルベールも同盟国に加わって、連中を押し返せばいいんだよ。そんで、その後は蛮族とも交渉して、その後ろにいる連中を相手にした共同戦線だ。だろ、ナルソンさん?」

ルグロが、ぽん、とナルソンの背を叩く。

ナルソンは「困ったな」といった顔で、愛想笑いをする。

ティティスとフィレクシアは、きょとんとした顔になった。

「え? 蛮族の後ろ……ですか? どういうことです?」

「ルグロ様、詳しく教えてほしいのですよ!」

「いや、俺らも確信があるわけじゃねえんだけどよ。蛮族の連中が、こうも無茶してお前らの国を襲ってる理由を考えたんだよ」

「というと？」

「あいつら、11年前にバカみたいに戦死者を出したはずだろ？　それなのに今回も無理矢理攻めてくるってのは――」

以前、一良《かずら》たちと話した内容を、ルグロが2人に話して聞かせる。

蛮族の背後にさらなる脅威が存在するかもしれないと聞き、ティティスは「なるほど」と頷いた。

「確かに、彼らの動きは不自然ですね」

「だろ？　ここはいったん手を取り合って、協力してその連中に備えるべきだろ？」

「はい、合理的だと思います。アルカディアや同盟国にしてみれば、我が国は緩衝材になりますので」

「まあ、悪い言いかたをするとそうだな。ていうかさ、上に立つバカ野郎どもの責任を市民に負わせるのは、おかしいって思わねえか？」

「え？」

「勝ったほうが無茶苦茶言うなんて、野蛮人のすることだろ。俺たちは仲間になるんだから、協力して上手くやっていこうぜ」

「そ、そうですね。ぜひよろしくお願いいたします」

「おー！」

面食らいながらもティティスが頷き、フィレクシアが嬉しそうな声を漏らす。

――もし本気で言っているのなら、この人は指導者の器じゃない。まあ、私たちには好都合だけど。

――すごくいい人なのですよ！ これはツイてるのです！

2人がそれぞれ感想を持つなか、ナルソンはひたすら頭を痛めていた。

兵士と国民が納得する条件は、と考えると、ルグロの思想は正直言って甘すぎる。

エルミア国王はルグロの言うことには反対しないだろうし、結局舵取りをするのはすべて自分になるからだ。

この人のいい王子が納得するように、どう話をまとめたらいいのだろうか。

「ナルソンさん、そういえばなんですが」

悩んでいるナルソンに一良《かずら》が声をかけ、ティティスたちから少し離れる。

「グレゴルン領方面の港湾都市の攻略って、まだ終わらないんですかね？ ラキール、でしたっけ」

「攻めあぐねております。港は完全に封鎖されていて上陸は困難とのことで、陸上でも防壁が破壊できず、さらには広い水堀まであるようでして」

「えっ。カタパルトでも防壁が破壊できないんですか？」

「いえ、破壊できないというよりは、壊したそばから修復されてしまうようです。街の中からは石弾まで飛んでくる始末らしく、相手方は市民も協力していて戦意旺盛とのことで」

「あちらも必死ってことですか。海軍を空っぽにするくらいだから、防備に自信があったんですね」

ラキールの防備は非常に強固で、来るなら来い、といった状態だったようだ。

対アルカディア最前線の重要拠点ということもあり、彼らは過剰なほどに防備を固めていた。

通常攻撃で攻め落とすには、かなりの兵力の投入と相当の被害を覚悟しなければならないだろう。

「そのようで。現在は、都市を封鎖して兵糧攻め状態ですな。腐ったラタの死骸をカタパルトで投げ込んでいるので、そのうち疫病が蔓延することでしょう」

「えっ、そんなことまでやってるんですか？」

「カズラ殿に貸していただいた書物に書かれていたものを、参考にさせていただきました。無理に攻めて大損害を受けると、我らは後が続きませんので」

「そ、そうですか。彼らの艦隊が戻ってきたらどうします？」

「尻尾を巻いて逃げます。新型艦の数も足りていませんし、敵地で戦うには分が悪いので」

「それがよさそうですね……あっ、来た」

一良《かずら》の声に、ルグロたちがバルベール軍に目を向ける。

数十の騎兵を従えて、カイレンを先頭に議員たちがこちらに向かっている姿が見えた。

「すごい人数ね……鎧が豪華なのが議員たちだと思うけど、6、70人はいるんじゃない?」

「ほんとだ。周りにいるのは護衛かな?」

「たぶんそうですね。でも、それにしてはずいぶんと少ないような」

議員たちに比べ、護衛の騎兵は30騎ほどしかいないように見える。

守護対象よりも少ない護衛しか連れていないのは変だ、とジルコニアは首を傾げた。

「敵対する気はない、という意思表示ではないでしょうか。下手に大勢連れて来て、何かあっても大変ですし」

リーゼの推測に、ジルコニアが「そっか」、ととりあえずは納得して頷いた。

「バレッタさん、上映会の準備はできてます?」

「ばっちりです。いつでも始められますよ」

バレッタの返事に、一良《かずら》が「よし」と頷く。

「ティティスさん、フィレクシアさん。いよいよ大詰めです。これが終われば、2人とも自由の身になりますから」

微笑む一良《かずら》に、ティティスが安堵の表情になった。

「はい。カズラ様、議員たちの説得をよろしくお願いいたします」

「ええ。ティティスさんたちも、横から口を出してもらってかまわないんで。上手いことお願いしますね」

「承知しました」

周囲で待機していた近衛兵たちが駆け出し、カイレンたちを出迎えに行く。

しばらく待っていると、緊張した表情のカイレンを先頭に、数十人の議員たちがラタを降りて歩いて来た。

「っ！　ティティス！」

「カイレン様、おひさしぶりです」

一良《かずら》の隣で微笑むティティスに、カイレンがほっとした顔になる。

「何もされてないか？　ちゃんと飯は食わせてもらってるか？　ええと、それから――」

「何もされていませんし、食事も貰えていますよ。ご安心を」

わたわたと質問するカイレンに、ティティスが苦笑する。

「むう！　私には何も聞かなかったのに！」

頬を膨らますフィレクシア。

カイレンはそれでようやく彼女の存在に気づいたようで、「いけね」とでもいうような顔になった。

「いや、フィレクシアはどう見ても元気だったからさ。大丈夫だって思って」

「それでも、何か言ってくれてもよかったじゃないですか！　格差が酷すぎるのですよ！」

「だ、だから、わざとじゃないんだって」

痴話喧嘩を始める2人。

やれやれと言った様子で、ジルコニアが一歩、前に出る。

「いらっしゃい。これで議員は全員かしら？」

「いや、半分だ。向こうを空っぽにするわけにもいかないからな」

「そう。もう1人の執政官は？　あと、さっきの2人は来なかったの？」

「エイヴァー執政官はこれが終わった後に、俺たちと入れ替わりで来る。ラッカとラースは、残った奴らがバカな真似をしでかさないように見張りだ。さあ、早くさっきのを議員たちにも見せてやってくれ」

「ええ、いいわよ。その前に、武器はここに置いていってね」

「ああ。皆様、剣を」

カイレンが議員たちをうながす。

彼らは強張った表情をしながらも、素直に指示に従った。

全員が剣を近衛兵たちに渡し終えたのを確認し、ジルコニアが一良《かずら》に振り向く。

「カズラさん、行きましょう」

「はい。皆さん、こちらへどうぞ」

一良《かずら》に連れられて、皆でぞろぞろと上映会場へと移動するのだった。

「それでは今から、皆さんがどういう状況にあるのかを説明します」

薄暗い天幕の中、イスに座ったカイレンたちに、一良《かずら》が語りかける。

ナルソンやイクシオス、ミクレムといったアルカディアとクレイラッツの重鎮は、ノートパソコンの前に立つバレッタの隣にイスを置いて腰かけていた。

一番大きな天幕を使っているのだが、人数が多いためすし詰め状態だ。

プロジェクタやノートパソコンといった、見たことのない機器に議員たちはひそひそと何やら話している。

カイレンは腕組みし、じっと一良《かずら》を見つめていた。

ティティスとフィレクシアは、そんな彼の両隣にちょこんと座っている。

「カイレンさんから聞いているとは思いますが、我々同盟国は貴国と講和を結びたいと考えています」

一良《かずら》が言うと、バレッタがパソコンを操作し、国境沿いの砦を奪還した際の映像を再生した。

真っ白なスクリーンに突如として戦いの映像が映し出され、議員たちがどよめく。

「これは、我々が砦を奪還した際の戦闘の記録です」

カタパルトから火炎弾が投射され、カノン砲が轟音を響かせて砲弾を発射する。

目の前で戦いが行われているかのような迫力に、議員たちは唖然とした顔になった。

「な、何だこれは!?　いったい何がどうなっているのだ!?」

議員の1人が立ち上がり、顔を赤くして捲し立てる。

「先ほど言ったように、戦闘を記録したものです。神の力によって、過去にあった出来事を、こうしていつでも見返すことができるんです」

「か、神の力って……」

「フィレクシア、俺に見せた光る棒、持ってるか？」

「はい！　もちろん持ってますよ！」

フィレクシアがカイレンに笑顔で答え、サイリウムを取り出した。

すでに光っている物ではなく、未使用のものだ。

光らせてしまったものは、一良《かずら》に返却済みだ。

カイレンがサイリウムを受け取り、議員に目を向ける。

「ベリル議員。これは、光の精霊の力を込めた道具だそうだ」

カイレンがベリル議員にサイリウムを差し出す。

一良《かずら》たちは知らないことだが、このベリル議員は、アロンドが軍を抜け出す際に一服盛られ、重度の体調不良でダウンした議員だ。

あれから肩身が狭くなってしまっており、汚名を返上しようとことあるごとに発言するようになっていた。

立場が弱くなったこととヴォラスの戦死を受け、今ではカイレンに接近して取り入ろうとしている。

「精霊の力……？」

「ベリルさん、それの両端を持って折り曲げるのですよ」

「あ、ああ」

フィレクシアに言われたとおり、ベリルがサイリウムを折り曲げる。

パキっと音がすると同時に、その中心が黄色く光り輝いた。

彼に注目していた他の議員たちから、どよめきが起こる。

「な……なんと……」

その輝きに、ベリルが言葉を失う。

議員たちのなかから、「美しい……」と感嘆の声が漏れた。

「ティティス、もしかして、彼がグレイシオールか？　文官のカズラって名乗ってたと思うが」

「それについては、また後ほど」

小声で尋ねるカイレンにティティスが答えながら、彼の膝を指でトントン、と叩く。

万が一他の者に聞こえてはと考えての、肯定の合図だ。

カイレンは頷くと、ベリルに目を向けた。

一良《かずら》がグレイシオールであるという話はこの場では出さないようにと、ティティスたちとはすでに打ち合わせ済みだ。

「そういった道具を、アルカディアの神々は大量に持っているらしい。カズラ殿、別の世界の戦いの様子を見せていただきたいのですが」

一良《かずら》がグレイシオールと名乗っていない手前、あえて「殿」の敬称を付けてカイレンが申し出る。

「分かりました。バレッタさん、お願いします」

「はい」

カイレンがスマートフォンで見せられたものと同じ動画が、スクリーンに映し出される。

「これは、ここととは別の世界で行われた戦いの様子です。我らと同様の神々を信奉する者たちを迫害する者たちを撃滅するために、神々は彼らに力を授けました」

広々とした基地に、無数の航空機が鎮座している映像が流れる。

それらが一斉に飛び立つと大きなどよめきが起こり、続いて原住民たちが一方的に虐殺されるシーンになると、今度は全員が口を閉ざした。

映像から流れる破壊音や原住民の悲鳴と絶叫だけが、静まり返った天幕内に響き渡る。

「……すさまじいな。これが、神の力か」

「我らの戦いなど、まるで子供の喧嘩だな……」

この動画を初めて見るミクレムとサッコルトが、絞り出すように言う。

2人とも、これが作り物だとは知らされていない。

自分たちの戦いの記録を見ているため、これが作り物だとは露ほども思っていなかった。

クレイラッツ軍の軍団長たちも、愕然とした顔で動画を見続けている。

やがて動画が終わり、スクリーンが黒一面になった。

「これが、神の力です。これ以上あなたがたが抵抗するようならば、これと同様の悲劇がバルベールに襲い掛かります」

一良《かずら》がナルソンに目を向ける。

ナルソンは少し緊張した顔で頷いた。

「グレイシオール様以外の神々は、あなたがたを皆殺しにすべきだと言っておられます」

議員たちの表情に、緊張が走る。

「しかし、グレイシオール様はそれはやりすぎだと言っておられます。先ほど見ていただいた記録のような惨劇は、望んでおられないのです。グレイシオール様は、講和を望んでおられます」

「その神々は、今この場にいるのか？」

「そ、そうだ！　講和交渉をするというのなら、姿を見せてもらわねば！」

やいのやいの言い始める議員たち。

カイレンはため息をつくと、立ち上がって議員たちに振り返った。

「皆様、落ち着いてください。そんな失礼な要求をできる立場に、今の我々はないでしょう？」

「し、しかし……」

「神様たちの機嫌を損ねたら、私たちは皆殺しにされるかもしれないのです」

フィレクシアがぽつりと言う。

その一言で、議員たちは口を閉ざした。

「このまま戦いを続けても、私たちに勝ち目はないのです。今の記録を見れば、分かりますよね？」

「それに、講和といっても、私たちに苛烈な要求はしないと伺っています。ナルソン様、そうですよね？」

フィレクシアに続き、ティティスがナルソンに言う。

「ああ。今、講和を結ぶのであればな。グレイシオール様は、そうおっしゃっていた」

「……交渉を拒否する選択肢なんて、私たちにはないのです。皆様、ご理解ください」

カイレンが言うと、議員たちは苦渋の表情で押し黙った。

それを肯定と受け止め、カイレンがナルソンに目を向ける。

「ナルソン殿。我らは講和交渉の席に着きます」

「承知した。この場にいない議員たちと、執政官殿にも同じ物を見てもらう。その後、交渉の運びとしよう」

ナルソンがほっとした顔で答える。

黙って聞いていたルグロは満足げな表情で、一良《かずら》に「やったな！」と親指を立てていた。

一良《かずら》やバレッタたちも、表情が緩む。

「では、我々はいったん、軍団に戻らせていただく。残りの議員たちを、入れ替わりで――」

「ナルソン様！」

カイレンがそう言いかけた時、シルベストリアが天幕に飛び込んで来た。

「バルベール軍が、前進を始めました！」

その台詞に、その場にいる全員が凍り付いた。

「歩兵戦闘準備！　防御戦闘隊形！」

「全カタパルトは火炎弾を装填しろ！　スコーピオン部隊、装填開始！」

「カノン砲部隊、射撃用意！　目標、敵中央部！」

大騒ぎになっている造りかけの防御陣地を、一良《かずら》たちは物見台へと走っていた。

カイレン、ティティス、フィレクシアも一緒だ。

議員たちは、天幕内に入れられたまま拘束されている。

交渉の最中に軍が動いたのだから、当然の処置だ。

「カイレン将軍！ これはどういうことですか⁉」

走りながら、一良《かずら》がカイレンに叫ぶ。

「俺にも分からね……分かりません！」

カイレンが、言葉遣いを直して答える。

「全軍には待機を厳命してあります！ あちらに残った議員とエイヴァー執政官が、私を見限って独断で動いたのかと！」

「まったく、あなたたちらしいわね。何が『見張らせてる』よ。全然ダメじゃない」

速度を合わせて走りながら、ジルコニアがため息をつく。

まさかこんなことになるとは考えていなかったが、彼らならやりかねないと内心呆れていた。

「防御陣地がほとんどできていないのを見て、完全に動けなくなる前に突破するつもりなのよ。バカ丸出しね」

「……返す言葉もない」

「ラッカとラース、今ごろは殺されてるんじゃない？ あの2人が扇動したのかもしれないけど」

「あいつらは、そんなことしねえよ！」

カイレンがジルコニアを睨む。

「血は繋がってないが、俺たちは兄弟と同じだ！　愚弄するんじゃねえ！」

「あらそう？　なら、2人とも殺されてるわね。講和に同意した臆病者って言われて」

「……」

煽るジルコニアから目を逸らし、カイレンは険しい表情のまま前に向き直る。

「カズラさん！　私はカノン砲部隊のところに行ってきます！」

「バレッタさん、まだ射撃はさせないでください！」

「分かってます！」

バレッタが腰の無線機を取り、待機を呼びかけながら走り去って行く。

「ハベル、状況を教えろ！　どうぞ！」

ナルソンが無線機を手に叫ぶ。

『敵はこちらの右翼に向かって全速力で前進してきています。騎兵の大集団が、こちらの前衛に間もなく接触します』

「ナルソン殿！」

カイレンが走りながら、ナルソンに声をかける。

「あの鉄の弾を飛ばす兵器っていうのは、カノン砲というのか!?」

「ああ、そうだが」

「そいつで、議員たちを狙い撃ちしてくれ！　全軍の中央部にいるはずだ！」

「カイレン様⁉　何を言うのですか⁉」

カイレンの提案に、ティティスが驚愕する。

「指揮してる連中をどうにかしないと、軍は止まらねえ！　奴らが死ねば、俺が出て行って説得できるはずだ！」

「し、しかし……」

「カイレン様の提案は合理的なのです！」

フィレクシアが同意する。

「我々の軍は、頭を潰せば機能不全に陥るのですよ！　止めるには、それしかないのです！」

「ナルソン殿、議員だけを狙い撃ちにして、兵士たちには手を出さないでもらいたい！　その後、俺が先回りして連中を説得する！　カズラ殿、ジルコニア殿が乗って来た、あの乗り物を貸してください！」

一息に捲し立てるカイレンに、一良《かずら》はすぐに返答できず口ごもった。

このまま戦端を開けば、バルベール軍は大損害を被るだろう。

そうなっては、たとえ講和を結んだとしても、怪我人の収容や治療にすさまじい労力を強いられることになる。

これから蛮族とことを構えようという時に、それは避けたい。

だが万が一、大半を首都へと逃がした場合はかなり危険だ。

講和に反対する者たちはカイレンの言うことに耳を貸さないだろうし、そうなれば力攻めをするしかない。

カイレンたちにブラフをかけている以上、どうしてもここでバルベール軍を止める必要がある。

「何をバカなことを！　もし上手くいかなかったらどうするつもり⁉」

ジルコニアが怒りの形相で叫ぶ。

「必ず説得してみせる！　信じてくれ！」

「話にならないわ。カズラさん、猛撃を加えて敵軍全体に恐怖を植え付けなかったら、カイレンが説得しても言うことを聞きませんよ？」

「カズラ、お母様の言うとおりだよ」

隣を走るリーゼが、気遣う表情で一良《かずら》に言う。

「向こうにいる議員たちは動画を見てないんだし、カイレン将軍が臆病風に吹かれたって考えてると思う。兵士たちにも、そう言ってるはずだよ」

「ああ。リスクはできるだけ減らすべきだ」

一良《かずら》が頷き、カイレンを横目で見る。

「カイレン将軍、聞いてのとおりです。議員は狙い撃ちしますが、それと同時に全軍に攻撃をかけますから」

「……承知しました」

カイレンが顔をしかめながらも頷く。

「ナルソンさん、全軍に攻撃指示を。バレッタさんには、俺から伝えます」

「かしこまりました」

ナルソンが無線機のチャンネルを合わせ、攻撃開始の指示を出す。

「まったく……カズラさん、カイレンには私が付いて行きます。いいですね？」

「……分かりました。でも、くれぐれも気を付けてください」

「もちろん。心配ご無用ですよ」

ジルコニアがにこりと微笑む。

一良《かずら》は腰の無線機を取り、バレッタのものにチャンネルを合わせた。

「っと、ジルコニアさん」

何かを思い出した様子で、一良《かずら》がジルコニアに声をかける。

「はい、何ですか？」

「念のため、持って行ってほしいものがあります。付いてきてください」

そう言って、一良《かずら》は無線機でバレッタに話しかけながら、自身の天幕のほうへと走りだした。

ジルコニアは小首を傾げながらも、その後に続くのだった。

「分かりました。議員だけを狙いますね。通信終わり」

猛スピードで兵士たちの間を走り抜けながら、バレッタが無線で一良《かずら》に答える。

物見台に立つニィナの姿を見つけ、思いきり地面を蹴って跳躍した。

10段飛ばしで梯子に飛びつき、そのまま一息に駆け登った。

付近は盛り土がされており、カノン砲が1門、射撃準備を行っている。

横の射角に自由を利かせるために、計6門のカノン砲は約100メートル間隔で横長に分散配置されていた。

「ニィナ！」

「あっ、バレッタ！」

双眼鏡をのぞいていたニィナが、バレッタに振り向く。

「本当にバレッタの言ったとおりになったね！　軍団長っぽい人は見つけてあるよ！」

「ううん、そうじゃなくて、狙うのは議員たちになったの！　貸して！」

ひったくるようにして双眼鏡を受け取り、目に当てる。

すさまじい数の兵士たちが、土煙を上げて北西へと向けて全速力で進んでいた。

「……いた！」

数秒で豪奢な鎧を着た集団を見つけ、バレッタは口元に無線機を添えた。

双眼鏡を下ろし、カノン砲部隊に射撃指示を出そうとして、ふと視界の隅に違和感を覚えた。

もう一度双眼鏡を目に当て、そこに目を向ける。

全速力で進軍する軍勢の後方に、まったく動いていない軍勢がいた。

「あれは……」

嫌な予感に、バレッタはその軍勢を舐めるように見渡した。

右手を三角巾で吊り、騎乗して何やら叫んでいる大柄な男の姿。

ラースだ。

――そういうこと、か。

バレッタが、ぎりっと奥歯を噛み締める。

その周囲に目を向けると、同じように何やら叫んでいるラッカの姿があった。

おそらく、これはカイレンの策略だ。

あちらに帰ったラッカとラースは、議員たちに強行突破するべきだと煽ったのだろう。

今までのカイレンの行動からして、今の状況を好機と見て、自分と対立関係にある議員たちをできるだけ殺し、残った者からもすべての権限を剥奪しようと考えているのだろう。

そのために死ななくてよかったはずの兵士たちを犠牲にするとは、鬼畜の所業だ。

やはり、彼は信用できない。

「バレッタ、怖い顔してどうしたの？　早く攻撃しないと……」

「うん、そうだね」

バレッタが双眼鏡を下ろし、無線機の送信ボタンを押す。

カイレンには怒りを覚えるが、だからといって今できることは何もない。

彼の目論見どおり、議員たちの抹殺をするしか、逃げるバルベール軍を止めることは不可能だ。

それに、巻き添えを食う兵士たちは可哀想だが、今後の交渉を考えれば、同盟国には有利に働くはずだ。

——……こんなことを考えるなんて、私、酷い人間だな。

「バレッタ？」

押し黙っているバレッタに、ニィナが再び声をかける。

バレッタはひとつため息をつくと、口を開いた。

「こちらバレッタ。全カノン砲部隊に通達。初撃はこちらで加えます。着弾地点にいる豪奢な鎧を着た騎兵の集団に、各個任意で射撃を行ってください」

そう言うと、物見台を飛び降りて手近のカノン砲に駆け寄った。

兵士から軍事コンパスを受け取り、議員たちとの距離を測る。

移動速度から未来位置を暗算で割り出して、砲身を向けさせた。

兵士に火薬量を伝え、装填指示を出す。

そして、左手に付けている、一良《かずら》に貰った腕時計に目を落とした。

「射撃準備が完了しました！」

「ゼロに合わせて着火してください。8、7、6、5——」

火の付いた棒を持った着火手が、バレッタのカウントダウンが0になると同時に砲身後部の穴に棒を突っ込んだ。

どかん、と轟音を響かせて鉄の砲弾が射出され、一直線に議員の集団に向かって行く。

砲弾は全速力で走る議員たちのど真ん中に突き進み、手前にいた議員の脇腹に直撃した。

彼の胴体は引き千切れ、貫通した砲弾がその奥にいた議員たちにも襲いかかり、衝撃で千切れ飛んだ彼らの手足が付近の者やラタにぶつかって二次被害を出す。

驚いたラタが足を止めたり転倒したりと、一瞬にして修羅場が生まれた。

続けて、防御陣地に分散配置されていたカタパルトとスコーピオンが、一斉に射撃を始めた。

カノン砲部隊の射撃の邪魔にならないようにと、ナルソンが攻撃を待たせていたのだ。

特定の箇所を狙った射撃ではなく、「とりあえず撃てば誰かしらに命中するだろう」、といったものだ。

全速力で走る兵士たちの頭上にそれらが滅茶苦茶に飛来し、巨大なボルトと爆発炎上する火炎弾ですさまじい死傷者が発生した。

「す、すげえ……」

「ど真ん中に命中したぞ……」

カノン砲の射撃をした兵士たちが、唖然とした声を漏らす。

「すぐに第2射を放ちます。砲身を掃除してください」

静かな声で、バレッタが指示を出す。

兵士たちは慌てて、射撃準備に取り掛かった。


その頃、一良《かずら》からとある物を受け取ったジルコニアは、バイクが停車してある場所にやって来ていた。

先に近衛兵と到着していたカイレンもいる。

どうしても付いて行きたいとせがんだ、フィレクシアも一緒だ。

さっそくジルコニアがバイクに跨り、カイレンに目を向ける。

「お待たせ。そこに乗りなさい」

「ああ。それ、何だ？」

ジルコニアの手にさがっているビニール袋に、カイレンが目を向ける。

「すっごいもの。使うかは分からないけどね」

「は？　なんだそりゃ」

いぶかしみながらも、カイレンがサイドカーに乗り込む。

フィレクシアも、近衛兵が跨る別のバイクに駆け寄った。

「これ、持ってて。あと、荷台に載ってる白いのが拡声器よ。走りながら、使いかたを教えるから」

ジルコニアはビニール袋をカイレンに渡すと、バイクのエンジンを起動した。

周囲では近衛兵たちがバイクに乗り込んでおり、サイドカーに乗る者たちは手投げ爆弾とクロスボウを手にしている。

「うわ、なんだこりゃ？　つるつるカサカサしてて、ものすごく薄いぞ」

「ビニール袋っていう、燃える水から作られてる袋だそうよ。しっかり掴まってて」

アクセルを捻り、バイクが猛スピードで走り出す。

「ひゃっほう！　何度乗っても、これは楽しいのですよ！」

ジルコニアの背後から、フィレクシアのはしゃいだ声が響く。

カイレンはサイドカーの縁に掴まりながら、その速さに感心した顔になった。

「すげえな……こんだけ速けりゃ、俺らより早くムディアに着けて当然か」

「ラタと違って、休憩もいらないしね。ラタの倍以上速く走れるし」

「そ、そうか。まさか、全部の兵士分、これがあるのか？」

「さあ、どうかしらねぇ」

ジルコニアがにやりとした笑みをカイレンに向ける。

「でも、これがなくても、あなたたちよりずっと早く行軍できるのよ？」

「あ？　どういうことだよ？」

「神様の祝福よ。私たち全員が祝福を受けてるの。いくら行軍を続けても、全員が元気いっぱいなんだから」

「おいおい……ラースじゃねえが、そりゃあ反則だろうが」

カイレンはそう言って、はっとして背後を振り返った。

サイドカーで膝立ちになって後方に手を振っているフィレクシアの姿が目に入る。

バイクの停車場所まで一緒に全速力で走ったというのに、元気いっぱいだ。

そんな彼女を、近衛兵が「危ないぞ！」、と慌てて怒鳴りつけていた。

「あいつ……何であんなに元気なんだ？　あれだけ走ったら、今までなら咳が止まらなくなってたのに」

「グレイシオール様が秘薬をあげたの。おかげで、無駄に元気になっちゃったわ」

「カズラ殿が？」

「あら？　もう聞かされてたの？」

少し驚いた顔で言うジルコニアに、カイレンが苦笑する。

「いや、カマかけたんだよ。これもカズラ殿に渡されたんだろ？『もしかしたら』、って思うのが普通だろ」

「……」

　ジルコニアが、ぶすっとした顔になる。

　ニーベルに馬鹿にされた時のことを思い出し、余計自己嫌悪になった。

「そんな顔すんなって。どのみち、教えてくれるつもりだったんだろ？」

「そうだけど、カズラさんに教えられるまでは、知らないふりをしておいて。怒られちゃうわ」

「あいよ。しかし、どんな医者に診せても病弱なままだったあいつが……」

　カイレンがもう一度、背後を振り向く。

　座り直したフィレクシアと目が合うと、彼女は「カイレン様ー！」とはち切れんばかりの笑顔で手を振った。

「神様ってすげえな。何でもありじゃねえか」

　フィレクシアに小さく手を振り返し、カイレンが前に向き直る。

　ビニール袋の中身をのぞき、太い筒状のものが数本入っているのを見て首を傾げた。

　いったい何なのか、さっぱり分からない。

「私も初めて会った時は驚いたけどね」

「他の神々にも、会ってるんだよな？」

「ええ。いろんな神様がいるわよ。そっちの神様は、あなたたちを何とも思っていないみたい

だけどね」

「そうなのかもな」

同意するカイレンに、ジルコニアが小首を傾げる。

「あら、ずいぶん素直じゃない」

「俺はもともと、神様なんて信じてなかったんだ。あんただってそうだろ？」

「……ええ」

昔の自分を思い出し、ジルコニアの表情が曇る。

カイレンはちらりと横目で見た。

そして、口を開きかけ、やめた。

神ならば、人を、アーシャを生き返らせることはできるのか。

動画を見た時から、そう聞こうと考えていた。

だが、ジルコニアの表情を見て、その質問は無駄だと察したのだ。

――できるなら、とっくにやってるよな。なあ、神様？

それからしばらくの間、２人とも口を閉ざしたままだった。

草原を猛スピードで走り続け、ジルコニアたちはバルベール軍の進路上へと向かう。

その間、アルカディア・クレイラッツ連合軍陣地からはカノン砲の射撃音が響き続けていた。

全速力で進むバルベール軍勢のあちこちからは火炎弾が爆発するオレンジ色の炎が吹きあがり、真っ黒な黒煙が無数に空に上っている。

「ああ、くそ。滅茶苦茶に撃ちまくりやがって」

それをサイドカーから眺めながら、カイレンが悔しそうに言う。

「仕方がないでしょ。諦めなさい」

「分かってるよ。議員たちはどうなった？　その腰ので、聞いてみてくれよ」

「はいはい」

ジルコニアが左手で無線機を取る。

「ええと、バレッタのチャンネルは……」

右手もハンドルから離して無線機をいじり始めた彼女に、カイレンが目を剥いた。

「お、おい！　危ねえぞ！」

「大丈夫だって。バレッタ、ジルコニアよ。議員たちは殺せた？　どうぞ」

ジルコニアが送信ボタンを押し、話しかける。

『少なくとも十数人は仕留めました。他の議員たちも、ほぼ全員ラタが転倒して身動きが取れなくなっています。どうぞ』

「そう。よくやったわ。追撃はしてるの？　どうぞ」

『いいえ。遠方からの射撃のみです。騎兵隊がそちらを追って出撃していますが、説得に応じなかった場合に備えて火炎壺で足止めすることになっています。オルマシオール様はウリボウたちを従えて、敵の騎兵を見張りながら追っています。どうぞ』

「指揮はそっちに任せていいのね？　どうぞ」

『はい。騎兵だけ逃げそうな場合は、オルマシオール様がラタを止めてくださるとのことです。どうぞ』

「分かった。ご苦労様。通信終わり」

　ジルコニアが無線機を腰に戻し、カイレンを見る。

「聞こえた？」

「ああ。これなら大丈夫だろ。適当なところで停めてくれ」

「りょーかい」

　そのまましばらく走り続け、バルベール軍の先頭から５００メートルほどの位置に到達した。

　ジルコニアがバイクを停車させると、カイレンはサイドカーから降りて拡声器を手に取った。

「よし。これはどうやって使うんだ？」

「そこの赤いボタンを押して。声が大きくなるわ」

「これか」

　カイレンがボタンを押し、口に当てる。

「こちら、カイレン・グリプス臨時執政官だ！」

増幅されたカイレンの声が響き渡る。

すると、別のバイクに乗っていたフィレクシアが、サイドカーを降りてカイレンに駆け寄った。

拡声器に興味津々な様子で、「おー」と声を漏らしながらそれを見つめる。

「全軍、今すぐ止まれ！　我々は、同盟国と講和を結ぶことになった！　戦いは、もう終わりだ！」

カイレンが呼びかけるが、バルベール兵たちは足を止めない。

その様子に、ジルコニアが顔をしかめた。

「何よ。全然ダメじゃない」

「あいつら……止まれって言ってんだろ！　部隊指揮官、さっさと止まらせろ！」

カイレンが叫ぶが、一向に彼らは止まる気配がない。

焦るカイレンの隣で、ジルコニアはガサガサとビニール袋を漁り出した。

「ええと、まずこれを使えって……『手に持つな』、って書いてあるじゃないの。大丈夫なの、これ？」

大きな玉の上に筒がくっついた形状の物体を取り出し、筒に大きく書かれた文字を見て顔をしかめる。

ジルコニアはエイラに教わりながら日本語を少し勉強したことがあり、簡単な漢字なら読めるようになっていた。

玉の部分には、黒文字で「四号玉」と書かれている。

「執政官の命令は絶対だぞ！　止ま……お、おい、何をしてるんだ？」

カイレンの質問を無視し、ジルコニアはバイクを降りて、その筒――打ち上げ花火（１１２円）――を小脇に抱えて斜め上に向けた。

ターボライターを取り出し、導火線に火を点ける。

途端に、ジジジ、と導火線が音を立てて火花を散らした。

「うわ⁉　お、おい⁉」

「えっと、掛け声をかけるんだったっけ……たーまやー？」

ジルコニアの気の抜けた掛け声とともに、「ボン！」と音がして筒の先端から花火が打ち出された。

「わあっ⁉」

「ぬあっ⁉」

「おおーっ！」

打ち出した瞬間にジルコニアが驚いて尻もちをつき、カイレンが足をもつれさせて肩から転び、フィレクシアが目を輝かせる。

近衛兵たちも、一様に驚いた声を上げて仰け反った。

眩しく輝く赤い塊が、シュウッ、と音を響かせて飛んでいく。

数秒して、バルベール兵たちの頭上で「ドン！」と轟音を響かせて爆散した。

緑、赤、オレンジといった様々な光が、空に飛び散る。

当然ながらバルベール兵たちは驚愕し、集団前方にいた者たち全員が一斉に足を止めた。

歩兵の横を随伴していた騎兵たちも、ラタが大暴れしたり急停止したりと、大量の落馬者を出している。

前の者たちが立ち止まってしまったため、後ろに続く軍勢も連鎖式に足を止めた。

ジルコニアたちの遥か後方では、騎兵部隊の逃亡を警戒していたオルマシオールたちが、びくっと身を縮めて耳を伏せていた。

かなり驚いたようだ。

「いたた……び、びっくりした」

「な、なんつう兵器を使うんだよ⁉　あいつら、無事なのか⁉」

動画で見たミサイルを思い出し、カイレンが青ざめて兵士たちに目を向ける。

「大丈夫そうなのです！　皆さん、ぽかんとしているのですよ。カイレン様、もう一度呼びかけてください！」

フィレクシアの言葉に、はっとしたカイレンが転んだ体勢のままで拡声器を口に当てた。

「今のは警告だ！　もしまた動いたら、今のをお前らのなかに叩きこむってアルカディア軍は言ってるぞ！　吹き飛ばされたくなかったら、その場を動くな！」

カイレンの叫びに、兵士たちは動揺した。

あんなものが撃ち込まれたら、と考えれば、動けなくなって当然だ。

間近で音を耳にした兵士たちは、耳がキーンとして痛いほどだ。

あれを食らったら絶対に死ぬ、と誰もが思った。

「ええと……あっ、50連発っていうのがある！　撃ち込んでいい？」

「やめてくれ」

うきうき顔でビニール袋を漁るジルコニアに、カイレンが額を押さえて答える。

立ち上がり、再び口を開いた。

「今出されてる作戦指示はすべて無効だ！　我々は同盟国と講和することになった！　戦争は終わりだ！」

兵士たちがざわつく。

「誰に何を言われたのか知らないが、俺からの命令以外はすべて撤回だ！　エイヴァー執政官、出て来てくれ！」

カイレンが言い終え、拡声器を下ろす。

兵士たちは動揺しているのか、全員がその場に立ち尽くしていた。

「はー。すごいですね。あれほどの威力のものが、そんな小さな筒から打ち出せるなんて。カノン砲よりすごいんじゃないですか？」

フィレクシアがジルコニアに歩み寄り、ビニール袋をのぞき込む。

「そうね。私もこれは初めて見たけど、本当にすごいわ」

「色も綺麗でしたし、夜に空に向けて撃ったら、すごく綺麗に見えそうなのです」

そりゃあ花火だからね、とジルコニアは思いながらも、「うん」と頷いた。

兵器でないことはバレてはいないようなので、「とんでもない兵器」、という彼女たちの思い込みはそのままにしたほうがいいだろう。

花火については雑誌を見て知っていたのだが、一良《かずら》が持ってきていることは渡されるまで知らなかった。

今度花火大会を開いてもらえないだろうかと、場違いな考えが頭に浮かぶ。

『ジル、ナルソンだ。どうぞ』

そうしていると、ジルコニアの無線機からナルソンの声が響いた。

「どうしたの？　こっちは、敵を止まらせるのに成功したわ。どうぞ」

『そうか。今、ラッカ将軍とラース将軍が、もう1人の執政官とこちらにやって来たんだ。どうぞ』

「えっ、そうなの？　2人とも殺されたのかと思ってたわ。何がどうなってるの？　どうぞ」

『それが、カイレン将軍がこちらに来た後で、残った議員たちがカイレンたちを敗北主義者だとか売国奴だとか騒ぎ出したらしい。反論して拘束されそうになったところを、すんでのところで自分の軍団の下へ逃げたと言っているんだ。どうぞ』

「あー、なるほど。カイレンに賛同する議員たちを先に送り出して、残った議員たちはこれ幸いと強行突破させたのね」

そういうことか、とジルコニアが頷く。

ラッカたちが殺されなかったのは、半包囲状態からの脱出を優先して、逃げた彼らを追うのを議員たちが諦めたからだろう。

動画を見ていない状態では、強行手段に出た議員たちの考えも理解できる。

「あっちには神様が付いてるから講和しよう」などといきなり言われたら、こいつは頭がおかしくなったのではと考えるのが普通に思えた。

その点、カイレンにとりあえずは従った議員たちは、よほど彼と仲がよかったか、穏健派の者たちなのだろう。

「そうすればカイレンは約束破りってことで近しい議員とまとめて殺せるかもしれないし、対立してる議員は権力を取り戻せるものね。どうぞ」

『ああ。そういうことだろうな』

やれやれ、といった雰囲気のナルソンの声が響く。

『だから、今敵軍には執政官が不在だ。カイレン将軍には、そのまま全軍の取りまとめをさせて、ムディアの前まで戻らせてくれ。どうぞ』

「分かった。ものすごく時間がかかると思うから、覚悟してね。通信終わり」

ジルコニアが無線機を腰に戻し、カイレンを見る。

「そういうわけだから、何とかしてもらえる？」

「マジかよ……くそ、きっとヴォラス派の連中の策略だ。講和に賛成派を増やそうとして、先に連れてくる議員の選定を間違った」

「何て言うか、そっちの軍ってめんどくさそうね。少しだけ、同情するわ」

苦笑するジルコニアに、カイレンも苦笑する。

「まったくだよ。だがまあ、軍を止められてよかったよ」

「あなたにとっては、対立してる議員がたくさん死んでよかったんじゃない？　これからやりやすくなるでしょ？」

ジルコニアが言うと、カイレンが彼女を睨んだ。

「冗談でも、そういうことは言うな。彼らだって、国を思っての行動だったはずなんだぞ」

「あら？　まるで聖人みたいなことを言うのね。私にマルケスのことを殺させたくせに。らしくないんじゃない？」

「あれとこれとは別だ」

「ふうん。まあ、どうでもいいけど」

ジルコニアはそう言うと、さてと、とバイクのシートに腰掛けた。

「私はここで待ってるから、さっさと行ってきなさい。言っておくけど、妙な動きをしたら、さっきのをあなたがいる場所に撃ち込んであげるからね？」

「ああ」

カイレンが頷き、バルベール軍勢へと走って行く。

「……これで、邪魔者はいなくなりました。講和交渉は上手くいきますね」

カイレンの背を見送りながら、フィレクシアが言う。

「まるで、あいつらが暴走したのが好都合みたいに言うのね」

「そりゃあ、好都合なのですよ。巻き添えを食った人たちには、申し訳ないですが」

「まったくよ。いつだって割を食うのは、何も知らない弱者なんだから。ほんと、ろくでもないわ」

「……ジルコニア様は、素直でいい人ですね。けほ、けほ」

小さく咳込みながら、にこっと笑みを向けるフィレクシア。

ジルコニアがきょとんとした顔になる。

「はあ？　何よそれ」

「そのままなのです。私とは正反対で……羨ましい」

最後は消え入るような声で言い、フィレクシアがカイレンの背に目を戻す。

その瞳には、悲しみが籠っていた。

「……フィレクシア？」

「はい？」

くるっとジルコニアに顔を向けるフィレクシア。

その表情は、いつものものに戻っていた。

「……咳、大丈夫？」

「大丈夫ですよ！　ちょっと埃っぽいから、出ただけだと思います」

「そう。しばらくかかりそうだし、おやつでも食べる？　特別に、チョコレートを食べさせてあげるわ」

「ちょこれーと？」

フィレクシアが小首を傾げる。

「すっごく甘くて美味しいお菓子。言っておくけど、カズラさんたちには内緒だからね？」

そう言いながら、荷物から板チョコを取り出すジルコニア。

「わわっ、甘いものは大好きなのです！　いただくのですよ！」

大喜びで、フィレクシアがジルコニアに駆け寄る。

「あなたたちもあげるから、休憩にしましょ。こっちにいらっしゃい」

ジルコニアが近衛兵たちを呼び集め、チョコレートを配る。

そうして皆でバルベール軍を眺めながら、おやつタイムに興じたのだった。

第5章　予期せぬ再会

半日後。

カイレンが指揮権を取り戻したことによってバルベール軍は抵抗を止め、全軍がムディアの前へと戻って来ていた。

現在、砲撃によって発生した大量の負傷者は、ムディアに運び込まれて治療を受けている状態だ。

生き残った議員は反逆罪ということで、全員が捕縛されている。

彼らは執政官権限で議員職を解任させられ、後ほど裁判にかけられるとのことだ。

ジルコニアも陣地に戻ってきており、一良《かずら》たちとともに天幕内で講和交渉の席に着いている。

ムディアにいたクレイラッツ軍指揮官、カーネリアンも来ている。

「まさか、こんなことが……」

もう1人の執政官であるエイヴァーが、スクリーンを見つめて唖然とした声を漏らす。

彼の隣にはバルベール軍団の軍団長と副軍団長たちもおり、全員が驚愕の表情で動画を見ていた。

カイレン、ラース、ラッカ、そしてエイヴァー執政官も、それぞれイスに座って動画を見ている。

「我々に勝機は欠片もないということを、分かっていただけましたか？」

カイレンが動画を見ながら、エイヴァーに言う。

「彼らの提案を受け入れて講和を結ぶしか、我らに生き残る道はありません。それに、彼らは蛮族の動きもすべて把握しています。講和を拒否すれば、我らは蛮族と同盟国との挟み撃ちです」

「そう……ですか」

「ルグロ総司令」

壮年の軍団長の１人が、片手を上げて隅に座っているルグロに声をかける。

「ん？」

「講和を結ぶに当たってなのですが、我が軍を解体するにしても、一部は残して蛮族に当たらせていただけませんでしょうか」

落ち着いた声色で、彼が話す。

すでに状況を受け入れているようで、動揺こそあれ取り乱しはしていない。

それは、他の軍団長たちも同じのようだ。

「今、我らは蛮族の大攻勢で危機的状況に――」

「分かってるって。軍は解体しないし、指揮系統はそのままでいい。安心してくれ」

即座に答えるルグロに、彼を含めた軍団長たちが驚いた顔になる。

「で、殿下。指揮系統をそのままというのは……」

ナルソンが焦り顔でルグロに言う。

「彼らは我らの指揮下に置くべきかと。自由に動かさせるというのは、賛成できません」

「そうは言うけどよ。今、指揮系統をいじくって、まともに彼らの軍団が機能するとは、俺には思えねえんだけど。どうよ？」

「それは確かにそうなのですが、我らが統制すべきです。自由にさせるのはさすがに……」

「ええ？　そうかぁ？　俺らはこの人らの性格どころか、得意な戦い方すら知らねえんだぜ？各軍団に目付を1人か2人置いておけば、それでいいだろ」

「ナルソン様、私も同意見です」

アイザックの父、イクシオスがルグロに同意する。

「彼らは蛮族との戦いに慣れております。指揮系統は乱すべきではありません。講和を結ぶに当たり、軍事においてはある程度の譲歩は必要です」

「むう……」

困り顔のナルソン。

ナルソンとしては、指揮系統の変更による戦意の低下や、動きが鈍ることでバルベール軍が損害を出すことは、正直なところ大歓迎なのだ。

下手に戦力を保持させれば強気な発言も出てくるはずであり、それはバルベール国民の不満の導火線となりえる。

できることなら、蛮族との戦いで「ほどよく」すり減ってもらったほうが、後々操りやすい。

神々の力を本物と信じて疑っていない彼らは反抗することはないだろうが、それを知らされない国民はそうではないからだ。

このあたり、イクシオスの武官としての思考は、外交と軍事の両面でのバランスを優先させるナルソンとは、ズレが生じてしまう。

「ナルソンさん。ルグロの言うとおり、目付というか連絡役を各軍団に配置ってかたちでどうですかね？」

一良《かずら》が口を挟む。

戦いに関しては素人なので、彼らの意見のどれが正しいかは判断しかねる。

だが、バルベール軍を完全に自由にさせるのは、すべきではないと感じた。

「行動を起こす前に、必ずこちらに連絡させればいいのでは？　その内容をもって、最終的な判断はこちらが下すってことで」

「カズラ殿のご意見を採用していただけますと、我らとしても大変ありがたいです」

カイレンがナルソンに言う。

「もちろん、そちらの指示には常に従うように、各軍団には厳命いたします。あの、遠方の者とも即座に連絡が取れる道具を使えば可能なのでは？」

「そんなものがあるのですか？」

エイヴァーが驚いた顔をカイレンに向ける。

「はい。ムディアの前にいたジルコニア殿が、遠く離れた陣地にいるナルソン殿と話しているのを、この目で見ました」

「これのことですね」

一良《かずら》が無線機を手に取り、チャンネルをいじって送信ボタンを押す。

「ニィナさん、カズラです。どうぞ」

『ニィナです！』

無線機からニィナの声が響き、軍団長たちが驚いた声を上げる。

『攻撃指示ですかっ⁉　どうぞ！』

「あ、いえ。元気にしてるかなって思って連絡してみただけです。どうぞ」

『え？　わ、私は元気ですが……どうぞ？』

「それはよかった。後でお茶でもしましょうね。通信終わり」

一良《かずら》が無線機を腰に戻す。

「とまあ、こんなふうに、近くにいない人といつでも話すことができるんです」

「……いくら我らが防御に穴を空けようとしても、即座に対応できたのはこれが理由か」

「陽動も奇襲も、通じるはずがないな……」

「我らは今まで、どれだけ無駄な作戦で兵を死なせていたんだ……」

意気消沈した声が、軍団長たちから漏れる。

動画を見た時と同じくらいの衝撃が、彼らを襲っていた。

ミサイルや毒ガスも恐ろしいが、それ以上に無線機は恐ろしい兵器に感じたのだ。

「ナルソンさん、どうです？」

「……承知しました。陛下に確認を取らせていただきます」

渋々といった様子で、ナルソンが頷く。

「軍については、とりあえずはその方向で話を進めます。後は、賠償金と領土の割譲についてです」

「それについては、この場でまとめるのは無理だ。一度、バーラルに戻った後で議員たちと相談させていただきたい」

カイレンが即座に答える。

首都には議員たちがまだ大勢残っており、彼らはこの状況を知らないのだ。

議員たちを全員説得しなければ、講和交渉を完全にまとめることはできない。

「うむ。だが、我が国とクレイラッツの双方への、賠償金と領土の割譲は請求させていただく。いいな？」

「……ああ。俺らに拒否権なんてないからな」

「では、とりあえずは講和成立ということでよろしいか?」

ナルソンの問いに、カイレンとエイヴァーが頷く。

その様子に、ミクレムが「ふん」と大げさに鼻を鳴らした。

「命拾いしたな。貴様らが講和を拒否していたら、手始めにラキールが更地になっていたのだぞ」

ミクレムが高圧的に言う。

ラキールとは、グレゴルン領側にあるバルベールの港湾都市だ。

現在、王都軍、グレゴルン領軍が陸と海から攻略中だ。

守りが堅すぎて早期の攻略は不可能なため、包囲のうえでの兵糧攻めを行っている。

「今は見張らせるにとどめてはいるが、さっさと使者を出してほしいものだな。兵に無駄な手間をかけさせないでもらいたい」

「分かった。すぐに伝令を送るから、くれぐれも攻撃はしないでくれ。とはいっても、かなりの日数がかかってしまうが」

「あまりのんびりしていると、無用な死者を出すことになるぞ」

「まあまあ、ミクレムさん。伝令はバイクで送り届けることにすればいいですよ」

一良《かずら》がミクレムに、なだめるように言う。

「内容が内容なんで、相応の地位がある人に行ってもらいましょう。カイレン執政官、それでどうです？」

「はい、私の副官のセイデンを向かわせます」

カイレンが言うと、黙って話を聞いていたセイデンが「えっ」、といった表情でカイレンを見た。

「バイク、楽しいですよ！」

隣に座っているフィレクシアが、笑顔でセイデンの肩を叩く。

「ナルソン殿。議員たちを早期にまとめ上げて早く講和を締結するために、要人を何人か寄こしていただきたい。見せていただいた記録も、彼らに見てもらいたいのだが」

「承知した。リーゼ、お前に任せる」

「っ、はい！」

リーゼが肩を跳ねさせて頷く。

将来、自分の代わりとなる彼女をバルベール陣営に顔を覚えさせると同時に、経験を積ませるためだ。

この状況なら危険はない、と判断してのことである。

「イクシオス、マクレガー。リーゼの補佐を頼む。ハベルも付けるから、話し合いの内容はすべて記録しろ。無線で私も話し合いに参加する」

「かしこまりました」

「お任せください」

「俺も行きますよ」

一良《かずら》が言うと、ナルソンをはじめ、ジルコニア以外のアルカディア陣営の者たちが驚いた顔になった。

「カズラ殿、それはダメです。お考え直しを」

ナルソンが一良《かずら》を諫める。

「リーゼ、いいか？」

一良《かずら》はそれを無視し、リーゼに目を向けた。

「……ありがとう。でも、大丈夫だよ。私に任せて」

リーゼが瞳を潤ませ、一良《かずら》に微笑む。

「でも……」

一良《かずら》が言いかけた時、天幕の入口が勢いよく開いた。

差し込む日光に、全員が目を細める。

そこには、以前一良《かずら》に貰った服を着たマリーが腕組みをし、怒りの形相で仁王立ちしていた。

いつの間に見つけたのか、後でプレゼントしようとこっそり用意しておいた伊達メガネまでかけている。

天幕の奥でハンディカメラを手にしていたハベルが、即座にレンズを向ける。

「ダメに決まってるでしょ！」

マリーがカイレンや議員たちを睨みつけ、怒鳴る。

「私は、神々を統べるリブラシオールよ！」

バレッタとジルコニア以外の全員の目が、点になる。

「グレイシオールが行ったら、また甘々な決定を下すに決まってる！　あなたは、ここで大人しくしてなさい！」

怒りの形相で、一良《かずら》を怒鳴りつけるマリー。

一良《かずら》はポカンとした顔で、マリーを見つめている。

マリーは緊張で額に汗を浮かべながら、カイレンたちに目を向けた。

「あんたたちが講和を拒んだり、もしまたグレイシオールの厚意を利用するような真似をしたら、もう私は許さないわ！　あの原住民どもと同じように、あんたたちの国を根こそぎ焼き払ってやる！　分かったわね⁉」

今まで聞いたことのないような声色で、カイレンたちを怒鳴りつけるマリー。

突然の事態に、全員が唖然としてしまって言葉を発することができない。

マリーの背に、さらに嫌な汗が流れた。

「リブラシオール様、承知いたしました」

何とも言いがたい静寂が支配する中、カイレンが口を開く。

少し前に無線機から響いた声と同じものだと、気づいたのだ。

「必ずや、あなた様がたの納得のいくかたちで、議員たちをまとめ上げます。どうか今しばらく、お時間をください」

「リ、リブラシオール、彼もこう言っていますし、もう少しだけ耐えてください」

どうにか気を取り直した一良《かずら》が、マリーに言う。

よく分からないが、話を合わせたほうがよさそうだ。

マリーは小馬鹿にした声色で、大袈裟に「ふん！」と声を漏らした。

ずかずかと一良《かずら》に歩み寄り、その目と鼻の先まで、ぐいっと顔を近づける。

「グレイシオール、こいつらに温情をかけるのは、これで最後よ！　分かったわね⁉」

「は、はい」

マリーは頷く一良《かずら》から顔を離し、再びカイレンに目を向けた。

「今回の『あなたが』やらかしたことは、特別に大目に見ておいてあげるわ」

マリーの冷たい視線に、カイレンの表情が強張る。

マリーは、ぷい、と彼から目を逸らした。

「まったく、散々演技に付きあわされて、本当に嫌になるわ！」

マリーはそう言いながら踵を返し、肩を怒らせて天幕を出て行った。

ジルコニアはうつむいて笑いを堪え、肩をプルプルさせている。

「あの……今の少女がリブラシオール様なのですか？　それに、グレイシオール様とは……」

エイヴァーがおずおずと、一良《かずら》に話しかける。

「え、ええ。彼女がリブラシオールです。あと、自己紹介していませんでしたが、私がグレイシオールです」

一良《かずら》が皆を見渡す。

それまでの流れで「ひょっとしたら」と考えていた議員たちは納得したようで、神妙な顔になっていた。

ルグロは閉まった入口を眺めて「マジかよ」と驚愕しており、ミクレムとサッコルトは今まで何度かマリーを小間使いに使ったことを思い出して、頭を抱えている。

一良《かずら》はどうしてマリーがあんなことをしたのかよく分かっておらず、内心大混乱だ。

「ティ、ティティスさん。マリーさんがリブラシオール様って……」

「まさか、侍女のふりをしていたとは……私たちの態度を、常に見張っていたのでしょうね」

ティティスとフィレクシアが、こそこそと話す。

「うう、まんまと騙されたのですよ。この前、記録を見せてもらった時に傍にいたのは、私たちの反応を見ていたのですね」

「鉄槍を曲げられなかったのも、演技だったのでしょう。ただの侍女だと、私たちに思い込ませるために」

「考えてみれば、あれだけ高速で片手で指立て伏せができた時点で、おかしいと思うべきだったのですよ。リブラシオール様、ノリノリで演技していたのですね……」

そして2人は、「もしや」とバレッタに目を向けた。

あれやこれやと疑い出すとすべてが疑わしく思えてしまい、余計にマリーがリブラシオールであるという信憑性が深まった。

バレッタは2人の視線を感じながら、苦笑いしている。

これはバレッタがジルコニアに提案して行ったものだ。

その折、バレッタは「ナルソン様の性格なら、経験を積ませるためにリーゼ様を首都に向かわせるはずです。そうなったら、カズラさんは付いて行くって言うと思うんです」、と話し、ジルコニアは「確かに」と頷いた。

さらに、今回のバルベール軍の暴走はカイレンの策略であると断言し、一良《かずら》に万が一にも危険が及ばないように一芝居打つことを提案した。

リーゼに付いて行く、と言う一良《かずら》を、普通に説得するのは無理だろうとバレッタは考えたからだ。

マリーをこっそり呼び出して演技指導をし、バレッタの無線機を受信状態で、ジルコニアの無線機を送信状態で入れっぱなしにしておいて、彼女の合図でマリーに登場させたのである。

何も知らされていなかった一良《かずら》やナルソンは、いまだにぽかんとした顔になっていた。

ハベルは普段見ることのできないマリーの姿を見れて、嬉しさのあまりにカメラを構える手がプルプルと震えている。

「では、早速首都へ向かいましょうか」

一連の出来事に一切動じていないイクシオスの一言でその場はお開きとなり、皆は席を立つのだった。


「もう無理です。ほんと無理です。誰か私を殺してください」

「マリーちゃん、よく頑張ったね。あともうちょっとだけ、頑張ろうね」

「もう私、カズラ様に合わす顔がないです。ティティスさんたちにも会いたくないです。エイラさん、何とかしてくださいよぉ……」

その頃、マリーはエイラに両脇を抱えられ、泣きべそをかきながら別の天幕へとズルズルと引きずられていた。


それから、約1時間後。

一良《かずら》たちはバイクに荷物の積み込みを行っていた。

同盟国側で同行するのは、リーゼ、イクシオス、マクレガー、ハベル、カーネリアンだ。

カイレンが率いていた軍勢と議員たちは、この場に残すことになっている。

講和が結ばれるまではすべての物資を取り上げ、武装を解除して留まらせる、とナルソンが決めたからだ。

こうして軍勢を人質に取っておけば、万が一にもバルベールが講和を蹴ることはないだろう。

「カズラ!」

一良《かずら》がサイドカーにガソリン携行缶を括りつけていると、リーゼが駆け寄って来た。

「荷物、全部積めたよ」

「プロジェクタも積んだか? あと、スクリーンも」

「うん。バッテリーも満タンだし、大丈夫」

「そっか……なあ、本当に大丈夫か? 何も、リーゼが行かなくても……」

「大丈夫。ありがとね」

リーゼが柔らかく微笑む。

「イクシオス様とマクレガーが一緒だし、心配ないよ。それに、私たちに何かしたら、国が焼け野原になっちゃうんだよ? 何もされないって」

「それはそうだけど、それなら俺も行ってもいいだろ。マリ……リブラシオールがああ言ったんだし、万が一にも危険はないと思うんだけど」

あれから、一良《かずら》たちはバレッタとジルコニアから事の顛末を聞かされていた。

マリーは地面に頭を打ち付けながら土下座して非礼を詫び、額に少し怪我をしてしまって絆創膏を貼っている。

今は、「今日はもう何もできないです」、とのことで、天幕で横になっている。

「カズラは特別なんだから、絶対に安全なところにいないとダメなの。すぐに戻って来るから、待ってて。ね？」

「……うん、分かった。頑張ってこい」

一良《かずら》がリーゼの頭を撫でる。

「うん！　帰ってきたら、デートしようね！」

「ああ。王都とかフライシアにも行かないとだしな」

「それじゃなくって、2人きりで遊びに行くの！」

「カズラ殿」

そうしていると、カイレンとティティスが歩み寄って来た。

一良《かずら》のことはグレイシオールとは呼ばないようにと、彼を含めたバルベールの者たちには言ってある。

同行するのは、エイヴァーと軍団長の2人だ。

ラッカとラースは留守番で、軍勢とティティスたちの面倒を見ることになっている。

カイレンをはじめ、バルベール軍の者は武装解除されており、全員丸腰だ。

「カイレンさん、どうしました？」

「私事で申し訳ないのですが……ラースの手を、治していただくことはできませんでしょうか？」

そう言って、背後に目を向ける。

バレッタが荷物を積み込んでいるバイクを目を皿のようにして見回しているフィレクシアを、ラースが首根っこを掴んで押さえつけていた。

「手？　ああ、指の骨折ですか」

「はい。骨が完全に砕けてしまっているようでして……熱を持っていて、かなり痛むようで」

「それはつらいですね。即座に治すというのは難しいですが、治癒速度を劇的に早めることはできます。バレッタさん！」

少し離れたところで荷物の積み込みを手伝っているバレッタに、一良《かずら》が声をかける。

「ラースさんにリポDを飲ませてあげてください！　折れた指の治りが悪いらしくて！」

「分かりましたー！」

バレッタが荷物を漁り、リポDを取り出してフタを開ける。

「どうぞ」

「ああ？　いらねえよ。敵の施しなんか受けるか」

リポDを差し出すバレッタに、ラースが迷惑そうに吐き捨てる。

「ラースさん、頂いたほうがいいのですよ。意地を張っても、いいことないですよ！」

「いらねえって言って――」

「ラース様、飲んでいただけないと、私が怒られてしまいますので」

「んなこと言っても……」

「飲んでお怪我を治してください。それに、もう私たちは敵同士ではないんですから。ね？」

「ラースさんは、お薬嫌いのお子様なんですねぇ」

心配そうに見つめるバレッタと、やれやれと大げさにため息をつくフィレクシア。

ラースは「ああもう！」と、ひったくるようにしてリポDを受け取った。

「わーったよ！　飲めばいいんだろ、飲めば！」

「はい。飲んでください」

「美味しいですよ！」

ラースが瓶を口につけ、ぐいっと傾ける。

一息に飲み干し、ほら、と瓶をバレッタに返した。

「お味はどうでしたか？」

「……美味かったよ。これで傷が治るのか？」

「治りがかなり早くなりますよ。あと、これも飲んでください。痛みと腫れを抑える薬です」

バレッタが解熱鎮痛剤を1錠取り出し、水の革袋と一緒に差し出す。

にこりと微笑むバレッタに、ラースは少し戸惑った様子でそれらを受け取る。

「……ああ、すまねえ」

「バレッタさん、美人さんですもんね。ラースさん、照れちゃってますね！」

「ふざけたこと言ってんな。このボケ！」

「あいたっ⁉」

革袋を握った手で「ゴツッ！」と頭を叩かれ、フィレクシアが悶絶する。

カイレンはそれを眺めながら、ふっと表情を緩めた。

「ありがとうございます。フィレクシアの体も、良くしていただいたようで」

「彼女、かなり体が弱いようでしたからね。何かあったら大変だと思って」

「一時的に元気になっているだけ、とジルコニア殿から聞いているのですが……ずっと健康にすることはできないのでしょうか？」

「できないこともないですけど」

一良《かずら》がバイクに跨り、エンジンをかける。

「あなたたちともっと信頼関係を築けたら、ということにしましょうか。また調子が悪くなったら薬は差し上げますから、安心してください」

「承知しました。よろしくお願いいたします」

カイレンは深々と頭を下げると、自身にあてがわれたバイクへと去って行った。

「にゅふふ……カズラ、すごく堂々としてたじゃん。格好よかったよ！」

リーゼが頬を赤らめ、一良《かずら》を見つめる。

「まあ、こんだけ続けてれば、さすがに慣れるよ」

にこっと微笑むリーゼに、一良《かずら》も微笑み返す。

「よしっ、そろそろ行かないと。皆さん、出発しましょう！」

リーゼの呼びかけで、すべてのバイクがエンジンを起動した。

少し離れたところでお座りしていたオルマシオールとティタニアが、腰を上げる。

道中、彼らと100頭以上のウリボウたちが、護衛として同伴することになっていた。

「……これで戦争も終わり、か」

走り出すバイクの騒音に紛れて、リーゼがぽつりとつぶやいた。


その日の夜。

数回のごくわずかな休憩を挟みつつ、一行は街道を猛スピードで走り続け、わずか半日でバルベール首都、バーラルの防壁が見える位置にまでやって来ていた。

途中、何度か巡回兵と遭遇し、バルベール軍の補給所を通り過ぎたりもしたのだが、その都度カイレンとエイヴァーが事情を説明したおかげで何事もなかった。

兵士たちはウリボウの集団とバイクに驚愕して大慌てで、危うく一度攻撃されかけた。

バイクよりもウリボウの大群に怯えている兵士たちの姿が、リーゼには印象的だった。

ウリボウたちは強化済みとはいえ、さすがにバテてしまい、彼らに合わせて時速50キロほどにまで減速している。

「す、すごい……」

「なにこれ……」

目の前に広がる光景に、運転するハベルとサイドカーに乗るリーゼが唖然とした声を漏らす。

バーラルは巨大な防壁と無数の防御塔に守られており、それらの大きさはイステリアの比ではない。

周囲に広がる穀倉地帯には幾本も川が流れており、敵が侵攻してきた時に備えて、等間隔で小規模の砦がいくつも鎮座している。

そのうえ、防壁の周囲には幅が30メートルはあろうかという水堀まであり、小さな漁船が何艘も接岸されていた。

都市の中央は高台になっているようで、これまた重厚な防壁に囲まれた城塞が遠目に見える。

どれほどの時間と労力をかければこんなものが作れるのかと、2人は戦慄した。

「たった半日で着くとは……」

煌々とした灯りに浮かぶ城を見て、エイヴァーが唸る。

「街道がすべて舗装されていたからです。荒れ地を走るのとは、わけが違います」

ハンドルを握るイクシオスが、憮然とした表情で言う。

実は彼、バイクにかなり興味があるようで、砦にいる間は暇を見つけてはバイクを眺めたり磨いたりして過ごしていた。

アイザックに運転を教わったこともあり、今では完璧に乗りこなせるようになっている。

イクシオス曰く、「この腹に響く振動が堪らない」とのことだ。

普段はにこりともしない彼だが、息を吐きかけてバイクを磨いたり、「いざという時に動かないということがあっては困るので動作確認をする」と理由をつけて砦内をバイクで走っている時だけは、わずかに口角が上がっているようだった。

後で単車を1台プレゼントしよう、と一良《かずら》が言っていたのを、リーゼは覚えている。

「リーゼ殿！」

前を走るリーゼに、カイレンが大声で呼びかける。

運転しているのはイクシオスだ。

「あまり近づきすぎると驚かせてしまいます！　少し離れたところで停車していただきたい！」

「分かりました！　あの橋の辺りで止まりましょう！」

城門からやや離れたところにある橋を、リーゼが指差す。

一行はそこまで走ると、バイクを停めた。

オルマシオールやウリボウたちが荒い息を吐きながら、その場に座り込む。

すると、すぐに城門から騎兵が走って来た。

「カイレン執政官、行きましょう」

「はい」

エイヴァーとカイレンが軍団長たちを従え、小走りで騎兵へと向かう。

「リーゼ様、優先順位は決めましたか？」

リーゼがそれを眺めていると、ハベルが声をかけて来た。

「優先順位？　何のことですか？」

突然の問いに、リーゼがきょとんとした顔になる。

「カズラ様のことですよ」

「……ああ、あのことですか」

以前、ナルソン邸でハベルに、「カズラのことが好きなら、バレッタのことは気にせず奪ってしまえばいい」と言われたことを思い出す。

「はい。どうするのかなと思いまして」

「私は、中間を選ぼうと思います」

「中間？」

ハベルが小首を傾げる。

「はい。バレッタのことは好きですし、傷つけたくはありません。でも、想いもとげようと思います」

「ええと……重婚する、ということでしょうか？」

「できるなら、そうしたいですね。制度的には、問題ありませんし」

リーゼが朗らかに微笑む。

「もしそれが無理だとしても、私は欲張りなので。貰うものは貰います」

「あの、どういうことなのか、さっぱり分からないのですが……」

「分からなくていいです。分からないでください」

「ええ……」

困り顔のハベルに、リーゼがくすくすと笑う。

「ハベル様は、ほしいものはすべて手に入りましたか？」

「はい。十分すぎるほどに」

「よかったですね。でも、あまり過保護すぎるとマリーは行き遅れてしまいますよ。あまり引っ付きすぎないようにしてあげてください」

「別に引っ付いてなどいませんが……」

ハベルが「心外だ」といった顔になる。

「しかし、バレッタさん、ジルコニア様、それにエイラさんもとなると、重婚するにしてもさすがにカズラ様の体が持たないのでは？」

「何でお母様まで入って……って、エイラもってどういうことですか⁉」

驚愕するリーゼに、ハベルが「え？」といった顔になる。

「どういうことって、そのままですが」

「エイラもカズラのことが好きなんですか⁉」

「どう見てもそうじゃないですか。深夜に頻繁に逢引《あいびき》していますし、リーゼ様もバレッタ様も公認なのかと──」

「あああ、逢引⁉ え⁉ なにそれ⁉ もうやっちゃってるの⁉」

「あ、すみません。今のは聞かなかったことにしてくださぐえ！」

リーゼに両手で襟首を掴まれ、ハベルが呻き声を上げる。

リーゼにとってエイラはいつも近くにいすぎたため、そういったことについては完全に意識していなかった。

バレッタと2人で牽制し合ってると思っていたら、とうの昔にかっさらわれていたのかと驚愕した。

「詳しく教えて！　やっちゃってるの⁉」

「し、知りませんよ！　私もマリーから聞いただ……け……」

「全部吐かないと絞め殺すわよ⁉」

「リーゼ殿！　大変な事態……何をやっているのですか？」

「ハベル殿、泡を吹いていますが……」

大急ぎで駆け戻って来たカイレンとエイヴァーが、揉めている2人に困惑する。

軍団長たちは、騎兵とまだ何やら話している様子だ。

リーゼは慌てて、ハベルから手を放した。

ハベルは激しく咳込みながら、バイクのハンドルにしがみついている。

「な、何でもないです。それで、大変な事態とは？」

リーゼが言うと、カイレンとエイヴァーの表情が真剣なものになった。

「蛮族の軍勢が、すでに首都の北部に到達しています。降伏勧告の使者が、少し前に北の城門にやって来たとのことです」

カイレンの言葉に、リーゼの顔が驚愕に染まった。

カイレンに連れられ、リーゼたちはバイクに跨ったまま城門をくぐった。

オルマシオールとティタニアも、ウリボウたちを従えてその後に続く。

その先に広がる広々とした大通りの両脇には兵士たちがずらりと並び、リーゼたちに目を向けている。

家々の窓からは市民たちが顔をのぞかせ、けたたましい騒音を響かせるバイクと、ウリボウの集団に驚愕の表情を浮かべていた。

「……素晴らしい街並みですな」

並走するバルベール軍のラタの速度に合わせてバイクを走らせながら、イクシオスが唸る。

並ぶ建物は重厚な石造りのものが多く、地面はすべて石で舗装されていた。

みすぼらしい建物は1つもなく、どれもきちんと整備が行き届いている。

行く手には長い防壁が見え、どうやら街の中にも何重かにわたって防壁が築かれているようだ。

今は深夜だが家々には灯りが灯っており、街全体が仄かに明るい。

「数百年もの間、少しずつ整備をしてきた結果です」

サイドカーに乗るカイレンが、イクシオスに答える。

「街なかにも防壁があるのですか」

「ええ。人口の増加に合わせて、それを守るべく防壁も新設しています。たとえ外側の防壁が突破されても、幾重にも連なる防壁のどこかで敵を食い止められるようにと」

「これほどのものを作るとなると、資金も人手もかなりのものが必要でしょう？」

「我が国は比較的裕福ですので。国土が広い分、石材も木材も豊富ですし、外交も活発に行ってきましたから」

「ふむ……」

それきりイクシオスは黙り、バイクを走らせた。

先を進むリーゼとハベルは、緊張した様子でじっと前を見据えている。

本当はきょろきょろとしたいのだが、これから講和交渉だというのに情けない真似はできない。

そうして一行は街なかを進み、街の中心部にある議事堂へとやって来た。

広く長い階段の上で、元老院議員たちがずらりと並んで待ち構えている。

その階段のすぐ傍で、バイクは停車した。

「この乗り物には、誰も触れさせるな。兵で壁を作れ」

カイレンの指示でバイクの周囲に兵士たちが集まり、大盾を地面について壁を作った。

すべてのバイクがエンジンを切り、全員が降車する。

「皆様、こちらへ」

「はい」

カイレンにうながされ、リーゼが彼の隣に並ぶ。

皆で階段を上ると、議員たちが一斉に腰を折った。

「カイレン将軍、エイヴァー執政官。よくぞ戻られました。その乗り物と、あのウリボウたちは？」

議員の１人が一歩前に出て、２人に尋ねる。

「乗り物はアルカディアの新兵器です。ウリボウたちは、彼女らの護衛として付いて来ました」

カイレンがリーゼに目を向ける。

カーネリアンはサイドカーから降り、リーゼの隣まで来るとぺこりと頭を下げた。

リーゼも慌ててサイドカーから降り、同じように頭を下げる。

ハベルはさっそくハンディカメラを取り出し、議員たちを撮影し始めた。

「アルカディア王国イステール領、リーゼ・イステールです」

リーゼが優雅に会釈をする。

「こちらは、クレイラッツ都市同盟のカーネリアン将軍。彼はイステール領軍第1副軍団長のイクシオス・スラン。彼は第2副軍団長のマクレガー・スランです。貴国と講和交渉をするため、参りました」

「講和……？」

議員たちが困惑した表情になる。

彼らにはまだ何も情報が伝わっておらず、ムディアが陥落したことすら知らされていない。しばらく前から伝令がまったく戻らなくなっていることくらいしか、彼らは知らないのだ。

「はい。我が国に攻撃を仕掛けていた貴国の軍勢は、同盟国に全面降伏しました。ムディアもクレイラッツ軍により陥落し、今は彼らの管理下にあります」

議員たちが驚愕の表情になる。

「カイレン、エイヴァー両執政官は、我らとの講和に同意しました。さっそくですが、内容を詰めさせていただきたい」

カーネリアンが堂々とした態度で申し出る。

「カイレン将軍が執政官だと?」

「ヴォラス執政官の戦死を受け、臨時執政官として着任しました」

カイレンが答える。

「議員たちも、半数近くが戦死してしまいました。兵の損害も甚大で、物資も底を尽きかけており、攻略軍はもう戦える状態にはありません」

「な……」

議員たちが言葉を失う。

周囲を守る兵士たちも、驚いた顔になっていた。

「同盟国の戦力は、我らの比ではありません。我々は終始圧倒され、補給も伝令も完全に絶たれました。撤退したもののムディアが陥落しており、先回りした同盟国軍に退路を断たれ、降伏するしか方法がなかったのです」

「なんという……」

議員が声を震わせる。

　他の議員たちも、青ざめた表情でざわざわと囁き合っている。

「皆様、詳しくは議場で説明しますので、とりあえずは中へ」

　戸惑う議員たちにカイレンが言い、リーゼたちに目を向けた。

「参りましょう。急いで講和をまとめなければ」

「はい。ハベル、荷物を」

　そうして、リーゼたちは階段を上り始めた。


　円形の広々とした議場で、リーゼたちは席に着いた。

　議場の天井はかなり高く、その中心部に向かって半円の構造をしている。

　壁の高い位置に窓があり、そこから夜空がのぞいていた。

　リーゼたちは、議員たちに向かい合うようにして、カイレンとエイヴァーと並んで座っている。

　オルマシオールたちは、バイクの傍で待機中だ。

「大まかな状況は聞いています。蛮族の軍勢が、すぐそこまで迫っているとか？」

　エイヴァーが議員たちに尋ねる。

「……はい。すさまじい大軍勢が、すぐそこまでやって来ています。４日前にそちらに急使を送ったのですが」

リーゼたちを気にしつつ、議員の1人が答える。

「我らの伝令は、すべて彼らによって討ち取られてしまっています。情報は完全に遮断されているのです」

「し、しかし、こちらとて伝令に10騎を分散して送ったのです。すべて討ち取るなど、そのようなことができるはずが……」

「同盟国はウリボウを使役しています。戦域すべてにウリボウが潜んでおり、どこを進もうと殺されてしまうのです」

「ウリボウが、人の命令に従うというのですか?」

「人というよりも、アルカディアの神々がウリボウたちに指示を出しているとのことでして」

「神々?」

議員たちが困惑する。

その様子に、今度はリーゼが口を開いた。

「私たちアルカディア王国は、グレイシオール様、オルマシオール様、リブラシオール様といった神々から支援を受けています。今、証拠をお見せいたします」

リーゼがハベルに目を向ける。

彼は頷き、カメラをイクシオスに預けると、近衛兵たちと上映の準備に取り掛かった。

壁際に巻き上げ式スクリーンを設置し、その前にプロジェクタを置く。

リーゼはノートパソコンを近衛兵から受け取ると、プロジェクタと接続して起動した。

ノートパソコンを操作し、真っ白なスクリーンに砦での戦いの様子が映し出される。

ジルコニアがマルケスの軍団要塞に特攻を行った時のものだ。

議員たちから、「何だこれは⁉」「どういうことだ⁉」と驚愕の声が上がった。

「これは、今までの戦いの様子を記録したものです。私たちは、今までの戦闘をこのようにして、すべて記録しています」

リーゼが動画を止め、別の動画を再生した。

カイレンたちにも見せた、映画の切り抜きを繋げた動画だ。

無数の航空機が基地を飛び立ち、空に浮かぶ島々の間を抜け、数千メートルはあろうかという巨木へとたどり着く。

航空機から一斉にガス弾が発射され、人型の原住民たちが逃げ惑う。

逃げる彼らの間にミサイルが着弾し、巨大な爆発が起こって彼らが木っ端のように吹き飛んだ。

議員たちは唖然としてしまって、静まり返っている。

「これは、神々が別の世界にて、私たちのように彼らを信仰する者たちを救うために行った戦いです」

戦闘が終わったところで、リーゼが動画を止める。

「もし、これ以上あなたがたが抵抗するならば、これと同じことがこの街に起こります」

リーゼが言うと、議員たちの表情が恐怖に染まった。

その時、議場の入口がノックされた。

皆の視線が、一斉にそこに向く。

警備兵が扉を開き、兵士から用件を聞くとこちらに走って来た。

「どうした?」

カイレンが兵士に尋ねる。

「たった今、北門に蛮族からの使者がやって来ました。講和の提案とのことです」

彼が言うと、再び議員たちがどよめいた。

「講和? 降伏勧告じゃないのか?」

「はい。確かに講和の提案だとのことです」

「そうか。使者をここに連れて来い。ただし、街の中を見られないように、目隠しをしてだ」

「カイレン執政官、蛮族を街に入れるのですか?」

議員の1人が困惑顔で言う。

「時間稼ぎに使えます。可能な限り交渉を引き延ばし、同盟国との講和を締結後、南にいる軍勢を呼び戻して対処に当たらせるのです」

カイレンの言葉に、議員たちが「なるほど」と頷く。

ここには多数の守備兵が駐屯しており、つい先日「前線にいた執政官からの命令」で新設した複数の軍団と、北から撤退してきた軍団もいる。

新設した軍団はまだ訓練途中とはいえ、防御戦闘ならば十分頭数に入れられるだろう。

手負いとはいえ攻略軍が戻って来れば、蛮族がいくら大軍とはいえ、十分撃破できるはずだ。

「私もカイレン執政官の案に賛成です。異議はありますか？」

エイヴァーの問いかけに、議員たちが「異議なし」と声を上げる。

カイレンが頷き、警備兵に指示を出して扉へと戻らせた。

待っていた兵士に伝言し、兵士が駆け戻って行く。

「では、使者が来るまで、講和交渉を進めましょうか」

「カイレン執政官、そこの窓を使わせていただいてもいいでしょうか？」

リーゼがカイレンに聞く。

「窓、ですか？　構いませんが、何をするんです？」

「アルカディアと連絡を取るんです。ハベル、行きましょう」

「はっ！」

ハベルが携帯用アンテナと拡声器を手に、リーゼとともに窓へと向かう。

リーゼは議員たちの手前、この時ばかりはハベルのことは呼び捨てだ。

階段を上がり、ハベルはアンテナを無線機と接続して空に向け、無線機と拡声器をリーゼに渡した。

リーゼが拡声器を、無線機に寄せる。

「こちらリーゼ。バーラルに到着しました。どうぞ」

『こちらナルソン。今から交渉か？　どうぞ』

拡声器で増幅されたナルソンの声が響き渡り、議員たちがどよめく。

リーゼたちが来てからというもの、議員たちは驚きっぱなしだ。

「それでは、講和交渉を始めましょうか」

リーゼがにこりと微笑む。

「……こういうわけです。彼らは、離れた場所の者とも瞬時に連絡を取ることができます」

「我らには、同盟国と講和する以外に生き残る道はありません。そのことを頭に置いて、交渉を進めましょう」

カイレンとエイヴァーが言うと、議員たちは表情を強張らせたまま頷いた。

それから数十分後。

議場では講和交渉が進められ、同盟国側の要求に議員たちが頭を抱えていた。

「ムディア以南をクレイラッツに割譲というのは、さすがに承服しかねます」

カーネリアンからの要求に、議員の1人が心底困ったという顔で答える。

「あの都市は、南部の食料庫なのです。あそこを失っては、我が国は干上がってしまいます」

「だからこその割譲要求なのです。今まで我が国を脅してきたツケだと思っていただきたい」

カーネリアンが冷たい視線を議員たちに向ける。

「自由と権利を諦めて従属しろ。さもなければ死ねと貴国は我らに言い放ちました。その要求に比べれば、はるかに甘い要求では？」

「しかし、それに加えて賠償金をすべて金《きん》で支払うとなると――」

交渉にあたって、アルカディアはバルベールの国土の一部割譲と、「とりあえずはこれだけ」と、すさまじい額の賠償金を要求した。

逆らう余地のないバルベール側は全面的に受け入れ、どの地域を割譲するのかは後ほど国王を交えて決めることになっている。

短期での割譲と支払いは無理なため、何年かに分けて行われる予定だ。

おそらく、アルカディアの国力がバルベールを圧倒できる程度には、国土の割譲が行われるだろう。

とはいえ、あまり痛めつけてしまうと、蛮族やその北にいるかもしれない者たちとの緩衝地帯として使い物にならなくなってしまう。

ある程度は戦う力を、彼らにも残してやらねばならない。

クレイラッツはアルカディアに遠慮しての控えめな要求を行っているのだが、それでもその賠償額はすさまじい。

アルカディアの時と違って、議員たちは渋い顔になっている。

リーゼたちがいる手前、下手に反論できず、どうにかして譲歩を狙っているのだ。

「勘違いされては困る」

渋る議員たちに、カーネリアンがドスの利いた声で言い放つ。

「私は提案をしているのではない。要求をしているのだ。我らの盟友を怒らせたくなければ、首を縦に振っていただこう」

「議員がた」

腕組みして話を聞いていたイクシオスが、口を開く。

「貴君らに拒否権はないと思われよ。クレイラッツの要求は、我らの要求だ。受け入れるのだな」

「承知しました」

議員たちに代わり、カイレンが答える。

「同盟国側の要求は、無条件で受け入れます」

「カイレン執政官！　それでは、あまりにも――」

議員の1人が、血相を変える。

そんな彼に、カイレンは冷めた目を向けた。

「彼らは、この街を一晩で火の海にする力を持っているのをお忘れですか？」

「……」

カイレンの言葉に、議員たちが押し黙る。

「11年前、彼らに最初に攻撃を仕掛けたのは我々です。国が存続するというだけでも、僥倖と考えるべきです」

エイヴァーがカイレンに続く。

2人にしてみれば、同盟国側の要求は非常に甘いものだ。

国を解体しろと言われてもおかしくない状況であり、今この条件を呑めば、国は存続する。

そのうえ、自分たちや議員たちの身分や財産、軍の存続と指揮権は保障されるとのことなので、これ以上は贅沢というものだ。

国内が大恐慌に陥らないように、割譲と賠償金の支払いは緩やかに行われるというのも、非常にありがたい提案である。

するとその時、議場の扉が叩かれた。

警備兵が扉を少し開き、外の兵士と何やら話す。

「蛮族の使者が到着しました！」

「そうか。講和交渉は、一度中断させていただいても？」

カイレンが窓の傍にいるリーゼに目を向ける。

「はい。私たちはいないものと考えて、彼らとの交渉は行ってください」

カイレンは頷くと、警備兵に片手を上げた。

警備兵が、頭にすっぽりと布を被せられた3人の手を引き、議場中央へと向かう。

1人は長身の男で、2人は女のようだ。

男は貴族服を着ており、女の1人は毛皮付きの鎧姿、もう1人は使用人のような服装をしている。

「私、蛮族の人なんて初めて見ます。どんな顔立ちなんでしょうね？」

リーゼが小声でハベルに話しかける。

「バルベール人も私たちと同じようなものですし、そう変わらないのでは？」

「そうでしょうか？　南から連れてこられる奴隷は、顔立ちも肌の色も少し違う人がいるじゃないですか」

「まあ、見れば分かり……ん？」

ハベルが怪訝な顔で、男に目を向ける。

「ハベル様？　どうしました？」

「あの服は……」

「布を取れ」

カイレンの指示で、使者の布袋が取られる。

続けて、2人の女の布袋も取られた。

「……アロンド⁉」

見覚えのある顔に、リーゼが驚愕する。

「あれ、アロンドじゃないの！　そうよね、ハベル様⁉」

「な……あれは……」

目を見開くハベルの肩を、リーゼが揺する。

「ハベル様！　ねえったら！」

「リ、リスティル……」

使用人服姿の女を見つめ、ハベルがつぶやく。

長いグレーの髪の、優しげな顔立ちの女性だ。

「え？　リスティルって？」

「あれは……マリーの母親のリスティルです」

ハベルの言葉に、リーゼは再び驚いて彼女に目を向けるのだった。

転章

時を遡ること、約3時間。

バルベール首都、バーラルの防壁を遠目に望む森の前に、部族同盟の大軍が集結していた。

侵攻に加わった部族の半数が集結しており、その数は20万を超える大軍勢だ。

この場の倍近い後続がここに向かっており、時間が経つにつれその数は膨れ上がっている。

彼らは年寄りや幼い子供以外のすべてが男も女も戦闘要員として参加しているため、数だけでいうならばバルベールを大幅に超える兵士を保有している。

装備は貧弱だが、数と勢いで押し潰す戦いを得意としていた。

北の国境の向こう側にも戦士は残っているが、東から攻めてくる者たちと遭遇したらひとたまりもないだろう。

「さて、奴らは脅しに屈するかな？」

長大な防壁を眺めながら、ゲルドンがアロンドに言う。

「万が一にも屈することはないでしょう。都市に籠り、来るなら来いと意気込んでいるかと」

「だろうな。攻めるにしても、あんな防壁があっては戦いにならん」

「はい。同盟国が健闘していればいいのですが」

「例の、国境沿いの砦が落とされているということはないだろうな？」

「それは大丈夫でしょう。バルベールに比べてアルカディアの兵力は少ないですが、すさまじい新兵器を使っているとのことですし。広範囲を爆発炎上させる大型投擲兵器と、城門や防御塔を粉砕する長射程兵器があるのですから、バルベール軍も簡単には落とせないかと」

アロンドの言葉に、ゲルドンが頷く。

「ならば、我らはこのままここで待機か」

「はい。北部一帯はほぼ我らの勢力下ですし、バルベールは軍の再編にかなりの時間を要するでしょう。制圧した都市を生産拠点として修復しつつ、彼らの消耗を誘って付かず離れず戦えばよいかと」

「うむ。手持ちの食料は十分にあるからな。来年の夏ごろまでこの状態を維持できれば、連中が反撃してきてもかなりの出血を強いることができる。これからは、我慢比べだ」

「後は、アルカディアと密に連絡できるようにするだけです」

そうしていると、別の部族の族長たちが連れ立ってやって来た。

皆が表情を興奮に染め、笑みが零れるのを抑えきれないといった様子だ。

「おお、ゲルドン！　もう間もなく、この都市も我らの手に落ちるな！」

「くく、制圧した暁には、金も食料も根こそぎ奪ってやる。何十万人の奴隷が手に入るか楽しみだ」

愉快そうに言う族長たちに、ゲルドンがにやりとした笑みを向ける。

「ああ、そのとおりだ。だが、あんまり暴れすぎるんじゃないぞ。寝床が壊れてしまっては、街なかで野宿になってしまうからな」

「がはは！　それもそうだ！」

「それで、いつ攻撃を仕掛けるんだ？　やるなら早いほうがいいぞ」

「この数だ。一晩もあれば、街の中央まで入り込めるんじゃないか？」

血気にはやる族長たち。

今まで連戦連勝で押せ押せ状態だったため、かなり強気になっている。

何度も苦汁を舐めさせられているバルベール軍を圧倒している、というこの状況も、早く敵を完全に倒したいという気持ちに拍車をかけていた。

「まあ、少し待ってくれ。攻撃の前に、連中に降伏勧告をするのでな」

「降伏勧告？　そんなことをしても無駄だろうが」

族長の1人が、怪訝そうな顔になる。

「奴らが降伏するとは思えんぞ。時間の無駄だ」

「そうだ。今すぐ攻撃を仕掛けねば、敵に防備を固めさせることになってしまうぞ」

「まあ、待て。我らとて、大急ぎでこの地に来たばかりで、皆が疲れているんだ。このまま戦っても、途中でバテてしまうぞ」

ゲルドンが傍にいる男に目を向ける。

彼は頷き、近場にある数十台の荷馬車に手を振った。

荷馬車がガラガラと車輪の音を響かせて、族長たちの前に来る。

ゲルドンが荷馬車に掛かっている布を剥がすと、大量の酒樽が現れた。

「連中から奪った酒だ。戦う前に、皆で英気を養おうではないか」

「うお⁉　これがすべて酒か⁉」

「よくぞ、こんなに手に入れたなぁ！」

族長たちが大喜びで荷馬車に駆け寄る。

「制圧したドロマから、根こそぎ持ってきたんだ。言っておくが、おかわりも山ほどあるぞ。うはは！」

豪快に笑うゲルドンに、族長たちが歓声を上げる。

「こりゃあいい！　今夜は前祝いといこうか！」

「よし、酒樽を運び出せ！」

次々に運ばれていく酒樽を眺めるゲルドンとアロンド。

やれやれといった様子で、ゲルドンは小さくため息をついた。

「これで、少しはあいつらも落ち着くだろう」

「ゲルドン様に従う部族は、どれくらいいますか？」

「あまり多くはない。大半は、飢えた獣みたいな思考の連中ばかりだ。城塞都市への攻撃の危険性に、考えが及ばんのだよ」

部族同盟とて一枚岩ではなく、彼らのように過激な思考の者たちはかなり多い。

今までバルベール軍にいいようにやられていたが、今回の戦いでの連勝に舞い上がっているのだ。

反論すれば臆病者とバカにされるのは目に見えているので、上手くあしらうしかない。

「アロンド、絶対に成功させろ。この調子では、長くは抑えられんぞ」

「承知しました。必ずや、やりとげてみせますので」

そうしていると、大きなズダ袋を背負った女性が、アロンドに歩み寄った。

彼に着き従っている、使用人のリスティルだ。

「アロンド様、準備が整いました」

「うん。それじゃあ、行こうか」

「じゃあな。生きて帰ってこれるよう、祈っててやる」

ゲルドンがアロンドの背を叩く。

「はい。万が一の時は、キルケたちをよろしくお願いいたします」

「ああ。悪いようにはせんから安心しろ。爺さんでもできる仕事を用意して、こきつかってやるわ」

がはは、とゲルドンが笑う。

「あの……アロンド様」

リスティルが、おずおずとアロンドに話しかける。

「ん、何だい？」

アロンドが目を向けると、リスティルは少し涙ぐんで微笑んだ。

「私なんかのために、本当にありがとうございます。このご恩は、生涯忘れません」

「ははは、礼を言うのは、まだ早いよ。もしかしたら、あっちで俺と一緒に殺されるかもしれないんだしさ」

「それでも、です。アロンド様に見つけていただかなかったら、私は――」

リスティルが言いかけた時、ウズナがアロンドに駆け寄って来た。

「アロンド、私も行くよ」

「え？」

突然の申し出に、アロンドが驚いた顔になる。

「あんただけじゃ、交渉役にならないだろ。裏切り者って断罪されて、処刑されちまうよ」

「で、でも、戦士長の人が一緒に行くことになってたじゃないか」

「あいつには留守番しろって言ってきた」

ウズナがゲルドンに目を向ける。

「私は族長の娘だ。交渉するっていうなら、それ相応の立場の奴が行かないと。だろ?」

「死ぬかもしれんぞ」

ゲルドンが真顔でウズナに言う。

「我らは協定破りの卑怯者と、連中は思っている。返事の代わりに、生首を返して寄こす可能性は十分にある」

「どのみち、この侵攻が失敗したら私たちは終わりじゃないか。それなら、いつ死んだって同じだよ」

真剣な表情で言うウズナに、ゲルドンは「ふん」と鼻を鳴らした。

「ああ、そのとおりだ。それに、どうせ死ぬなら、好きな男の傍で死にたいよな」

「な、何を言うんだよ!　バカ!」

ウズナが顔を赤くして叫ぶ。

ゲルドンは表情を変えず、ウズナの頭を撫でた。

「お前の人生は、お前のものだ。私がどうこう口出しすることじゃない。好きにしろ」

ウズナが目を見開き、驚いた顔になる。

そして、すぐに頷いた。

「うん。そうする。ありがとう、お父さん」

「うお⁉　お前がそう呼ぶなんて、何年ぶりだ⁉　雪でも降るんじゃないか⁉」

大袈裟に驚いて見せるゲルドン。

　ウズナは顔を赤くして、ぷいっとそっぽを向いた。

「さあ、行くよ」

「……ああ」

「どうしたの？」

　一瞬暗い顔を見せたアロンドに、ウズナが小首を傾げる。

　アロンドはすぐに表情を戻し、微笑んだ。

「いや、ウズナさんが俺のことをそう思ってたなんて知らなかったからさ。驚いちゃって」

「ば、バカ！　ただの冗談だから！　本気にするな！」

　ウズナがアロンドの肩を引っ叩く。

「冗談だったの？　嬉しかったのに、残念だなぁ」

「うるさい！　もうお前はずっと黙ってろ！　このバカ！」

　ポカポカとアロンドを両手で叩くウズナ。

　アロンドは「ごめん、ごめん」と笑って謝りながらも、これからのことを考えて陰鬱な気持ちになっていた。

番外編　公園とどん底ガール

　ある春の午前中。

　イステリアの真新しい公園で、一良《かずら》はバレッタとリーゼとともにサンドイッチ弁当を食べながら、楽しそうに遊ぶ子供たちを眺めていた。

「いいねぇ。これぞ、子供の遊び場って感じでさ」

　砂場、滑り台、ブランコといった遊具で遊ぶ子供たちの姿に、一良《かずら》が目を細める。

　この公園は、最近マリーがナルソンに命じられて行っている商業開発事業の1つとして作られたものだ。

　子供たちの他にも、若者がローラースケートを練習していたり、老人が布袋を手に、群がる小鳥に餌を撒いている。

　公園の端には露店がいくつか出ていて、軽食を販売していて繁盛している様子だ。

「公園事業って、マリーが発案したんでしょ？」

「うん。街なかの道で馬車と事故があるって話を聞いて、子供たちが安心して遊べる場所が必要だって思ったんだってさ。しかも、事業費はマリーさんが今までやった事業の売り上げから出してるんだ」

「へえ、あの子やるじゃん。将来有望って感じ」

「だな。他の侍女さんたちも協力してくれてるし、これからも上手くやってくれそうだ」

公園開発は、ほぼすべてマリーが侍女仲間とともに進めた事業だ。

公園の他にも、甘酒を広めたり婚活事業を手掛けたりと、いろいろな施策に取り組んでいる。

たまに失敗する施策もあるが、おおむね上手くいっている様子である。

「カズラさんの育ったところにも、こんな感じの公園があるんですか？」

もぐもぐとタマゴサンドを頬張りながら、バレッタが聞く。

「ありましたよ。沼とか迷路、ローラー滑り台とかの遊具がたくさんある大きな公園で、子供の頃は学校が終わると毎日遊びに行ってました」

「へえ、公園に沼があるんだ！　釣りもできたりするの？」

「できるぞ。ただ、水があんまり綺麗じゃないから、釣り上げても食べられないけど」

「そうなんだ。いいなぁ、私もその公園に行ってみたい。日本の公園なら、ここよりずっとすごいんだろうなぁ」

リーゼが羨ましそうに言う。

「こういう小さな公園もあるけど、大きな噴水があるところとか、無料で遊べる子供用プールがあるところもあるぞ。夏になると、家族連れで大賑わいだよ」

「ええ⁉　そんなのまであるの⁉」

「ああ。他にも、石で舗装された広い水路があるところもあるな。手押しポンプもあったりして、水遊びしたことがあるよ」

「いいですね。村にもそんな設備があったら、皆喜びそうです」

「ねえねえ、それなら、グリセア村に作ってみたら？」

「「えっ？」」

リーゼの提案に、一良《かずら》とバレッタの声が重なる。

「ここに噴水とかプールはさすがに無理でしょ？　でも、グリセア村なら好きにいじり放題じゃん。やってみてよ！」

「リーゼ様、さすがにそれは……」

「ああ、いいねぇ。最近は少し手が空いてるし、やってみようか」

「やった！」

「ええっ!?」

思わぬ賛同に喜ぶリーゼと、驚くバレッタ。

「で、でも、難しくないですか？　噴水を作るってなったら、上流から水道橋を使って水を引いたサイフォン式にするか、電動ポンプが必要になると思うんですけど」

バレッタが心配そうに言う。

「いやいや、そんな大それたものじゃないですよ。手押しポンプを使った噴霧器みたいなのと、揚水水車で水を送る浅い水遊び場が作れたらなって」

「あ、それなら簡単ですね」

バレッタがほっとした顔になる。

「もう少ししたら夏ですし、皆喜んでくれそうです」

「でしょう？　資材は向こうから運べば早いですし、村の人たちに手伝ってもらえばあっという間に作れるんじゃないですかね。そろそろ物資の補充もしなきゃだし、ちょうどいいタイミングですよ」

「うんうん！　それじゃあ、今から村に行こうよ！」

「だな。ぱぱっとこなしてこようか。参考用に、日本の公園を何カ所か撮影してこなきゃだ」

「ず、ずいぶんと急ですね。少しの間留守にするって、職人さんたちに伝えてこないと」

そうして、グリセア村に水遊び場を作ることになったのだった。


その日の昼前。

一良《かずら》たちは、バイクでグリセア村に向かっていた。

同行したのは、バレッタ、リーゼ、エイラ、マリー、護衛の近衛兵が20人だ。

ジルコニアも来たいと言っていたのだが、外せない仕事があるとのことで後から来ることになっている。

「カズラ様、村が見えてきました」

先頭を走る私服姿のエイラが、振り返って大声で言った。

長い髪をたなびかせ、とても気持ちがよさそうだ。

サイドカーにはマリーが乗っており、楽しそうに風景を眺めている。

「了解です！　そのまま村の中まで入っちゃってください！」

「はい！」

力強いエンジン音を響かせて、一行が村に向かう。

先に無線で連絡をしておいたので、村人や守備隊は一良《かずら》たちが来るのを承知済みだ。

村の前で畑仕事をしていた老兵たちが、歓声を上げて一良《かずら》たちに手を振る。

一良《かずら》たちも手を振り返し、速度を落として跳ね橋を渡り、村の中へと入った。

エンジン音を聞きつけて、村人たちが続々と家から出てきて一良《かずら》たちを出迎える。

「カズラ様、おかえりなさい！」

「あっ、リーゼ様だ！」

「バレッタお姉ちゃん、おかえりー！」

バイクを停めた一良《かずら》たちに、子供たちがわっと群がる。

「ねえねえ、遊び場を作ってくれるってほんと⁉」

「水遊びできるようにしてくれるんでしょ？」

騒ぎ立てる子供たちに、一良《かずら》が微笑む。

「うん。立派なのを作るから、皆も手伝ってね」

「やったー！」

「僕、頑張るよ！」

大喜びする子供たち。

すると、村の中で畑仕事を手伝っていた老兵が、小走りでやって来た。

彼は、守備隊の隊長だ。

なんやかんやでセレットがイステリアに行きっぱなしになっているため、隊長を務めてもらっている。

最近では村には特に何事もないので、のんびり駐屯任務を楽しんでいるようだ。

「あの、公園を作ると村のかたに聞いたのですが」

「ええ。子供たちの遊び場を作れたらなと思って。夏に安全に水遊びができる場所を作ろうかなって」

「なるほど。最近はイステリアにも立派な公園ができたと聞いているのですが、それと同じようなものですか？」

「いえ、あちらには水遊びできる設備は作っていないので。こっちのほうが豪華になるかと」

「おお、そうでしたか！　もしよろしければ、公園が完成したら私どもの孫を呼んでもいいでしょうか？　ぜひとも、公園で遊ばせてやりたいのですが」

守備隊の面々は全員が予備役《よびえき》で、高齢者ばかりだ。

孫がいる者も大勢いるので、呼んであげれば彼らも嬉しいだろう。

「分かりました。完成したら、皆さん呼んで何日か遊んでもらいますか」

一良《かずら》が言うと、隊長は嬉しそうに微笑んだ。

「ありがとうございます。もう2カ月も孫に会っていないので、顔を忘れられてしまうのではと心配で」

「はは、大袈裟ですねぇ。でもまあ、喜んでもらえるようにいいものを作りましょう」

「私どももお手伝いしますので。ご指示ください」

「ええ、よろしくお願いしますね」

「ねえ、カズラ。公園はどの辺に作るの？」

見ると、リーゼは子供たちにまとわりつかれて少し離れた場所でこっちを見ていた。

エイラとマリーは、早くも子供たちに引っ張られて川の方へと連れて行かれている。

「広ければどこでもいいよ。でも、水路の傍がいいから、よさげな場所を見繕っておいてくれ」

「うん！　ブランコとか滑り台も置けるかな？」

「手配してくるよ。まあ、任せておけ」

一良《かずら》はバイクを降り、さて、とバレッタに目を向けた。

「それじゃ、俺は資材を手配してきます。皆でのんびりしててください」

「お昼ご飯は食べて行かないんですか？」

「あっちで移動しながら適当に済ませちゃおうかなって」

「分かりました。何時頃、戻ってこれそうですか？」

「んー、久しぶりに実家に顔を出そうと思って。2日後か3日後には戻ります」

「実家ですか。何かお土産を用意すればよかったな……」

「お父様とお母様によろしく言っておいてね。あと、お父様もこっちに来るように誘ってみて！」

「あいよ」

そうして皆と別れ、雑木林へと向かった。


いつものように石造りの通路を抜け、日本への扉をくぐる。

見慣れた屋敷の部屋に入り、ポケットからスマートフォンを取り出した。

「さて、まずは資材の手配を……って、公園の遊具ってどこで手配すればいいんだろ？」

試しにブランコをインターネットで検索すると、業者の名前がいくつも表示された。

滑り台やうんていも同様で、いろいろな種類のものが販売されている。

「むう、どの業者に頼めば……あの人なら知ってるかな？」

スマートフォンの連絡帳から、しばらく前に治水工事の工事計画書を発注した取締役のアドレスを選ぶ。

「ええと、今日は月曜日か」

アプリのカレンダーで日付を確認し、電話をかける。

数コールして、取締役が電話に出た。

「もしもし、志野です。芳賀さんですか？」

『おう、ひさしぶり！　もしかして、河川工事のＣＧが完成したのか？』

取締役改め、芳賀の元気な声が響く。

そういえば見せるって約束したな、と一良《かずら》は以前のやり取りを思い出した。

日本の公園を参考用に撮影するためにデジカメも手元にあり、工事が完了した後の河川の写真も入っている。

コンビニかどこか印刷して持って行けばいいだろう。

「はい。いいものができたので、ぜひ見てもらえればと思って。あと、またお仕事の相談もあるんです」

『おお、それは楽しみだ！　それで、仕事ってのは？』

「少し大掛かりな公園を作ろうと思いまして。まだアイデア段階なんですけど、力を貸していただけたらと」

『公園か。それも、古代世界で作るって設定か？』

「はい。ただ、遊具は日本で手に入るものを持ち込んで、工事だけは手作業って設定です」

『はは。また面白いこと考えたな。ちょうど暇だし、受けられるよ。公園の設計もやったことがあるしな。いつ会社に来れる？』

「そちらさえよければ、今日これからでも」

『そうか。じゃあ待ってるから、都合のいい時間に来てくれ。午後4時までで頼むよ』

とんとん拍子で話はまとまり、礼を言って電話を切った。

「んじゃ、向かうとするか」

一良《かずら》は屋敷を出て車に乗り込むと、街へと向かった。

のんびりと車を走らせて街に着き、昼食を買おうとコンビニの駐車場に車を停める。

すると、ちょうどコンビニから出て来た見知った人物と出くわした。

以前、動画作成を依頼した宮崎だ。

「あれ？　宮崎さん？」

「あっ、志野さん！」

げっそりした顔の宮崎が、ぱっと表情を輝かせ、小走りで寄って来た。

「志野さん、おひさしぶりです！」

「おひさしぶりです。お昼ごはんを買ってたんですか？」

一良《かずら》が、彼女が下げているビニール袋に目を向ける。

「え、ええと……はい」

恥ずかしそうに、小さく膨らんだビニール袋に目を落とす宮崎。

透明のそれには、半額シールの張られた鮭おにぎりが1つだけ入っていた。

「あの、何だか顔がやつれてますけど……大丈夫ですか？」

一良《かずら》が聞くと、彼女は目に涙を浮かべた。

「うう、志野さぁん、聞いてくださいよぉ」

「うわ⁉　と、とりあえず車に乗りましょうか！」

今にも泣き出しそうな彼女を助手席に乗らせ、一良《かずら》も運転席に乗り込んだ。

「で、どうしたんです？　何があったんですか？」

「それが、元彼がいつの間にか、私の名義で闇金から借金を作ってて……」

「ええ⁉」

とんでもないことを告白する宮崎に、一良《かずら》が驚く。

「勝手に私の実印を使って、60万円も借りてて。怖いお兄さんたちが取り立てに来てドアをすごい勢いで蹴飛ばされて、私、殺されるかと思いました……」

「そ、それって犯罪じゃないですか！　警察に相談はしたんですか？」

「それが、『警察は24時間365日、お前を守ってくれるのか？　バカな真似したら、必ず報復しに行ってやるからな』って脅されて……私は悪くないのに、どうしてこんなことに」

どうやら、彼女はまた酷い目に遭ってしまっているらしい。

前回はユーチューブの事務所のマネージャーに貯金を全額持ち逃げされたと言っていたし、ほとほとついていない人だ。

クズな彼氏とは縁が切れたと思いきや、とんでもない爆弾を残していったらしい。

「なんてこった……今は、返済は待ってもらえてるんですか？」

「いえ、家にあるものを売り払って、何とか完済しました……お金を持ち逃げしたマネージャーも行方知れずですし、もう、『ケツの毛まで抜かれて鼻血も出ねぇ』ってやつですよ……ぐすっ」

鼻をすすりながら言う宮崎。

ケツの毛のくだりをリアルで聞いたのは、これが初めてだ。

「それは大変でしたね……元彼さんは、連絡がつかないんですか？」

「ついたといえばついたんですけど……彼の両親から連絡があって知ったんですけど、半月前の夜に酔っぱらって線路で寝てたらしくて。そのまま電車に轢かれて亡くなったそうで……」

「ええ……」

「電話口で号泣してるご両親に、そんなお金の話なんてできないじゃないですか。それで、ご霊前代わりに泣く泣く借金を被ったんです……」

あまりにも酷い話に、一良《かずら》の表情が引きつる。

いくらなんでも不幸すぎるというか、哀れにもほどがある。

「それで金欠ってわけですか。会社の人に、給料の前借りの相談とかは？」

「そんなの、できるわけがないじゃないですか。一生笑い話にされますもん。人になんて言えないですよ……」

「た、確かに」

なら何で俺に言った、と一良《かずら》は思わないでもなかったが、今までお金の関係で何かと融通したこともあったし、そこまで親しい間柄でもないからこその、救いを求めての告白だったのだろう。

「今月、乗り切れそうですか？」

「きついです……そうめんも切れちゃって、この2日間は塩と水で生活していたんですけど、貧血で倒れそうになって……あと5日間を163円で乗り切らなきゃいけなかったのに、奮発しておにぎり買っちゃいました……」

「ええ……」

かなりの極限状態にまで追い込まれている様子に、一良《かずら》がたじろぐ。

奮発してコンビニの半額おにぎりというのが、何とももの悲しい。

「会社の人にも変な目で見られるし、かといって正直に話したりなんてできないし、親にも恥ずかしくて言えないし、夢の中で血塗れの元彼に追いかけ回されるし、もう死にそうです」

「いや、本当に死んじゃいますよ。とりあえず、何か食べましょう。シートベルトしてください」

「し、志野さんっ！」

宮崎が仏でも見るような目で、一良《かずら》を見る。

「焼き肉屋にでも行きましょう。奢りますから、好きなだけ食べてください。あと、会社には体調不良で早引けするって連絡を」

「ありがどうございばずううう！」

だばあ、と宮崎が涙を流す。

「あ、そうだ、コンビニで写真を印刷しなくちゃいけなくて。ちょっと待っててくださいね」

「わがりばじだあああ！」

こうして、一良《かずら》は写真を印刷した後、顔からありとあらゆる液体を垂れ流す宮崎とともに、焼き肉屋へと向かったのだった。


数十分後。

一良《かずら》と宮崎は、焼き肉屋でテーブルを囲んでいた。

一良《かずら》がせっせと焼く肉を、宮崎がすさまじい勢いで米と一緒に口にかき込んでいく。

どれほど飢えていたらこんな食べかたができるんだ、と一良《かずら》は肉を焼きながら思った。

「たくさんありますから、ゆっくり食べて。喉に詰まっちゃいますよ」

「んぐんぐんぐ！　っ、ふぁい！」

ほっぺたをぱんぱんに膨らませて、宮崎が返事をする。

「んぐっ……そ、そういえば、あれから志野さんに何度か電話したんですけど、いつも電源が入っていなくて。どちらにいらしたんですか？」

「ああ、ちょっと山奥に引っ込んでて。電波が入らないんですよね、そこ」

「そんな山奥なんですか！　もしかして、別荘とかですか？」

「んー、まあ、そんな感じです。そこに集落があって、住んでる感じですね」

「へえ、そんなものすごい山奥に集落があるんですか。今日は、買い出しか何かですか？」

「ちょっと資材を手配しなきゃいけなくて。集落に公園を作ろうって話になったんです」

グリセア村を集落に置き換えて、公園作りの話を簡単に説明する。

宮崎は興味津々といった様子で、あれこれ質問されては一良《かずら》はそれに答えた。

「なるほど。子供たちのために、ですか！　素敵ですね！　さすがは志野さんですよ！」

「はは、ありがとうございます」

目を輝かせる宮崎に、一良《かずら》が照れ笑いする。

「そうだ、もしよかったらなんですが、必要な資材の選定をお願いできませんか?」

「えっ、私がですか?」

「はい。手間賃で、30万円出しますから。そのお金で、売っちゃった家具とかを買い直して、食料も確保してください」

「し、志野さぁん!」

だばあ、と宮崎が滝のように涙を流す。

「やりばず! やらせていだだぎばずううう!」

「よ、よろしくお願いします。食事が終わったら建設会社に打ち合わせに行くんで、一緒に行きましょう」

こうして、公園建設計画に宮崎も参加することになったのだった。


1時間後。

建設会社にやって来た一良《かずら》と宮崎は、芳賀(取締役)と会議室で話し合っていた。

「まあ、こんなもんだろ」

大きな図面用紙に描きなぐった公園設計図に目を落とし、芳賀が頷く。

手作業での作業工程も説明書きがされており、これならばグリセア村でもきちんと作業ができそうだ。

「遊具は全部外注って話だけど、実際には買わないが見積もりは出すんだろ？」

「あ、いえ。試しに資材は全部買って、実際に似たような感じで公園を作ってみるつもりでして。発注関係はすべて宮崎さんにやってもらいますから、折衝してもらえると」

「そりゃあ、大掛かりだな。宮崎さん、よろしく頼むな」

「え……あ、はい！」

よく分からない話に、宮崎が困惑しながらも頷く。

「で、例のCGはあるのか？」

芳賀が期待に満ちた目を、一良《かずら》に向ける。

「ええ。ありますよ」

一良《かずら》はバッグから十数枚の写真を取り出し、テーブルに広げた。

工事がすべて完了した河川の様子が、現地の兵士や市民の姿とともに映っている。

そのあまりにもリアルな「CG」に、宮崎は目を丸くしている。

「おお、こりゃすごいな！　ちゃんと設計図どおりになってるな」

芳賀が楽しそうに、写真を1枚ずつ手に取って眺める。

「え、あの、志野さん。これって？」

宮崎が困惑顔で、一良《かずら》を見る。

「趣味で、『もしも古代世界で現代の河川工事をしたらどんなふうになるか』っていうのをやってるんです。これは全部CGですね」

「……これが、全部CG？」

宮崎が、じっと写真を見つめる。

「いや、面白いものを見せてもらった。ありがとう。記念に1枚貰いたいくらいだよ」

「すみません、ちょっとそれは難しくて……」

「ああ、分かってる、分かってる。我がまま言っちまったな」

がはは、と芳賀が豪快に笑う。

宮崎は首を傾げながら、写真に目を向けていた。


「あの、志野さん。さっきのやり取りは……」

帰りの車中、宮崎が一良《かずら》に尋ねた。

「ああ。あれはですね、芳賀さんには、集落のことは内緒にしてあるんですよ」

「え？　どうしてです？」

「俺のいる集落って、ひっそりと生活したい人たちばかりなんです。なので、集落に公園を作るって言うと、『どこだそこは』って押しかけられても困るから、内緒にしてるんです」

適当な説明をする一良《かずら》に、宮崎が「なるほど！」と頷いた。

よくもまあ、こうスラスラと嘘がつけるなと、自分で言っておきながら一良《かずら》は少し凹んだ。

「志野さんって、実はものすごく著名な人だったりします？」

すると突然、宮崎がそんな質問を投げかけて来た。

「え？」

「さっきの写真、どう見ても本物ですし、ハリウッドレベルのCGじゃないですか。あんなのを個人で作れる人なんて聞いたことないですし、そうなのかなって」

「え、ええと……知り合いに、ああいうのを作るプロがいるんですよ」

歯に物が詰まったような言いかたをする一良《かずら》に、宮崎が、はっとした顔になる。

聞いたらまずいことを聞いてしまった、と思ったのだ。

「そ、そうなんですね！　それなら納得です！」

そうして車を走らせ、宮崎の道案内で彼女のアパートの前にやって来た。

車から降りた彼女に手間賃の30万円を前払いし、ぶんぶん、と大きく手を振られながら、一良《かずら》は実家へと向かった。

「志野さん、ほんとはすごい人なんだろうなぁ……さてと、発注、発注！」

宮崎が現金の入った封筒を手に、軽い足取りで部屋に向かう。

家具の大半が消えてがらんとしてしまった室内に入り、床に直置きされているパソコンの前に座った。

ノートを広げ、打ち合わせ内容を確認しながら資材の検索をする。

宮崎はこういった作業は完全に初心者なのだが、心強い味方がいるのだ。

「義兄さん、電話に出てくれるかな？　この時間は職場にかけたほうがいいんだっけ」

スマートフォンを手に、電話をかける。

数コールして、相手が出た。

「あっ、もしもし。宮崎と申しますが、フロアマネージャーをお願いします」

『宮崎？　あ、奈央《なお》ちゃん？　俺だよ』

「義兄さん、こんにちは！　ちょっとお仕事で手伝ってほしいことがあって」

宮崎が公園の資材の件を、フロアマネージャーに説明する。

『あー、あのずっと止まってた山の中の公園、やっと作ることになったのか。電波も入りにくいっていう、すごいところにある村の』

「え？　前から計画されてたの？」

予想外の返事に、宮崎が驚く。

『うん。しばらく前に話が持ち上がってさ。資材の注文をうちの店が受けたんだけど、予算がどうのでずっと計画段階で止まってたんだ。そっか、志野さんが関わることになったのか』

「もしかして、義兄さんって志野さんと知り合いなの？」

『俺が担当してる、超大口のお得意さんだよ。いつもたくさん買ってくれるし、あれこれ繋ぎの仕事もやらせてくれてさ。あの人のおかげで、俺は昇進できたんだ』

今までの一良《かずら》の爆買いの話を、彼が話す。

『奈央ちゃんに任せたってことは、志野さんも忙しいんだろ。村役場の担当者とは知り合いだから、俺たちでできるだけ進めておこうか』

「うん、分かった！　でも、興味本位で集落を見に行くのは、村の人たちが嫌がるからダメらしいの。だから、あんまり話を広めないでね？」

『そうなの？　あの地区、そんなに排他的ってわけでもないと思うけど。まあ、明日にでも、一緒に村役場に挨拶に行こうか』

「うん！　あと、モルタルの材料がトン単位で必要なんだけど、用意できるかな？」

『こちとら地域を支えるホームセンターだよ？　５トンだろうが10トンだろうが、いくらでも用意できるって。それにしても、志野さん、毎回大量に買ってくれて本当にありがたいな』

そうして、一良《かずら》の与り知らぬところで、おかしな方向に話が進み始めたのだった。


３日後。

実家でやたらと畑仕事を手伝わされた一良《かずら》は、ようやく解放されて群馬に戻って来た。

その折、父親に「あっちの世界に来てみないか」と誘ったのだが、「そういう話はまだダメだ」と、取り付く島もなかった。

母親にもこっそり話をしたのだが、話し始めた途端に半泣きになってしまったので諦めた。

宮崎にも一度電話で進捗確認をし、「大丈夫です！　任せてください！」とのことなので安心していた。

「あっ、志野さん！」

待ち合わせ場所として指定されたレンタル会議室に一良《かずら》がやって来ると、そこには以前手押しポンプを売ってもらった井戸掘り業者、水車を発注した業者、役人風の中年男、いつも使っているホームセンターのフロアマネージャーが席に着いていた。

全員が立ち上がり、宮崎と中年男以外の者が「おひさしぶりです」と頭を下げた。

「え？」

困惑する一良《かずら》に、役人風の中年男が立ち上がって、両手で名刺を差し出す。

「群真亜村《ぐんまあむら》役場の山下と申します。志野様、このたびは村の公園事業に出資してくださるとのことで、ありがとうございます！　担当者がちょうど南米の秘境ツアーに出かけていて連絡が取れず、情報共有ができていなくてご挨拶が遅れてしまい、失礼を――」

「ええ!?　あ、どうも。志野一良《かずら》と申します」

事態が飲み込めず困惑しながらも、一良《かずら》は名刺を受け取る。

宮崎はそれを見ながら、笑顔で口を開いた。

「資材の発注はすべて完了済みで、ちょうど在庫もあったってことで、本日中に現地に届きますよ！　工事にしばらく時間が必要みたいですけど、業者さんもすぐに取り掛かってくれるそうです！　それと、ちゃんと予算内でまとめられました！」

宮崎が得意満面といった様子で、経費がまとめられた紙を差し出す。

「いやぁ、まさか義妹が志野さんと知り合いだったとは。たまたまお願いした業者さんも、志野さんからお仕事を受けたことがあるって聞いて驚きました。世間は狭いですね」

フロアマネージャーがにこやかに笑う。

「また手押しポンプをご注文いただき、ありがとうございます。井戸もですが、公園作りもロマンですよねぇ」

「この間発売したばかりの川の水流を利用した揚水機、さっそく使っていただけるとは、本当にありがとうございます！」

何だこれは、何がどうなっているんだと一良《かずら》が混乱していると、宮崎がそれに気づいた。

「あ、あの……この街から山5つ向こうの、群真亜村の公園を作るんですよね？　しばらく前から、計画段階で止まってたっていう……」

ものすごく不安そうに言う宮崎。

その引き攣った表情で、一良《かずら》は「これは宮崎さん、やらかしてくれたな」、と察した。

どうやら自分は、予算不足か何かで長らく止まっていた公園建設計画に出資すると思い込まれているようだ。

自分にはまったく関係のない事業なのだが、ここで「違います」と言ったが最後、宮崎は卒倒してしまうかもしれない。

「ええと……資材の予算は、予定通りなんですよね？」

「は、はい！　運送料込みでも、当初の予算より1割くらい安く上がりました！」

宮崎が背筋をビシッと伸ばして答える。

「ありがとうございます。で、工事費が別途と」

「は、はい」

工事費についての予算は「古代文明の現地人が組み立てる」という設定だったので提示していなかったのだが、現時点ではかかることになってしまっている。

不安そうにしているのは宮崎だけで、他の面々はにこにこしていた。

まさか、その村の公園計画に一良《かずら》がノータッチだとは、夢にも思っていない様子だ。

遊具自体はどれも数十万円程度なので、一良《かずら》の資金力からすれば大した額ではない。

だが、それに工事費が上乗せされると、軽く1000万円以上はかかるかもしれない。

土地だけはすでに用意されているらしいのと、テーブルに置かれている国の補助金申請書が救いといったところだろうか。

「あの、志野さん……もしかして私、全然関係ない場所の話を……」

腕組みして考える一良《かずら》に、宮崎が半泣きになる。

そんな彼女に、一良《かずら》は明るい笑顔を向けた。

「あ、いやいや、間違ってないですよ。ただ、俺が遊具とか資材の発注数を間違えちゃって」

「え？　発注数を、ですか？」

「ええ。急な話で申し訳ないんですけど、今頼んであるものを全部、もう1セットお願いします。先に頼んだものは俺が個人的に別の場所で使うんで、配達先はこちらに」

一良《かずら》がポケットからメモ帳を取り出して1ページ破き、屋敷の住所を書いて宮崎に手渡す。

「勝手で申し訳ないんですが、群真亜村には後から届く資材を当ててください。それでは、具体的な工事時期を詰めましょうか」

そう言って笑顔で席に着き、群真亜村の公園建設計画の詳細を話し合うのだった。


翌日の昼。

グリセア村に戻った一良《かずら》は、村人や守備隊の老兵たちと公園作りに励んでいた。

彼らと協力して、ブランコ設置のための土台用の穴を掘ったり、子供用プールを作るためにモルタルを手作業で流し込んでいるところだ。

このまま数週間作業を続ければ、様々な遊具を備えた立派な公園が完成することだろう。

マリーは公園の設計図にくびったけで、イステリアにも似たようなものが作れないかと、エイラとあれこれ話しながら、この公園の設計図と一良《かずら》が参考用に撮影してきた埼玉県の公園の写真を見ている。

「ええ？　じゃあ、日本でも公園を作ることになっちゃったの？」

ことの顛末を話す一良《かずら》に、タオルで汗を拭きながらリーゼが驚く。

「うん。宮崎さん、先走っちゃったみたいでさ。まあ、丸投げしちゃった俺が悪いし、仕方ないかなって」

「そ、そう。まあ、食べるにも困る状況なんだしね。でも、日本で公園を作るのって、すごくお金がかかるんじゃない？」

「そうでもないよ。土地代はタダだし、群真亜村が組んであった予算も使うことになったし、国から補助金も出るし。俺が出すのは、300万円ちょっとってとこかな」

「それって、こっちのお金でいくらくらいなの？」

「んー……1アルを120円換算で、25000アルってところかな」

「十分大きい額じゃない。いくらなんでも、人が良すぎるんじゃないの？　そこがいいところなんだけどさ」

「あはは……でも、群真亜村の人たち、きっと喜びますね」

バレッタが苦笑する。

「でも、カズラさんはその辺りの地区で有名人になっちゃいましたね」

「商売人の間では元から有名だったみたいですよ。前からいろいろと爆買いしてるせいみたい

「そうなんですね。宮崎さんは、何か言ってました？　何となく間違いだったって察してたんですよね？」

「言ってましたねぇ。何度も、『本当に間違ってなかったですか？』って確認してきました。大丈夫ですよって言ったんですけど、ものすごく不安そうにしてましたね」

「そ、そうですか。でも、旅行に行ってる村役場の担当者さんが帰ってきたら、間違いだったことがバレちゃうと思うんですけど……」

「打ち合わせした村役場の人に、口裏合わせるようにって、こっそり言っておいたから大丈夫です。その役人さん、実は間違いだったけど出資はするって聞いた時は、ものすごく驚いてましたけど」

からからと笑う一良《かずら》。

バレッタとリーゼは顔を見合わせ、苦笑する。

普通の感覚ならば即座に事業については断ると思うのだが、「彼ならそうするか」、と納得できる気がした。

そんな話をしていると、村の入口からものすごい勢いでジルコニアが駆け込んで来た。

走りながらきょろきょろと辺りを見渡し、一良《かずら》を見つけると、これまたすさまじい勢いで駆け寄って来た。

「カズラさん！」

「あ、ジルコニアさん。今、公園を作り始めたところで――」

「生チョコは⁉ どこにあるんですか⁉」

「え？ な、ないです」

「何で⁉ 食べさせてくれるって、前に約束したじゃないですか！」

掴みかからん勢いで迫る彼女に、一良《かずら》がたじろぐ。

「ひい⁉ すぐに買って来ます！」

そうして、目を点にしているバレッタとリーゼに見送られながら、一良《かずら》はダッシュで雑木林へと向かったのだった。

あとがき

こんにちは、こんばんは。世界情勢のあおりを受けて、手持ちのバイオベンチャー株がもう数えるのも放棄したくらいに死体蹴りを食らって大損をしているすずの木くろです。

世の中では投げ出さないことと信じ抜くことが美徳とされていますが、株取引の世界でこれを実行すると、私みたいに致命傷を負うことがあるので気をつけましょう。というか、かれこれ5年以上同じ株を持ち続けているんですけど、本当に暴騰する日がくるんですかねこの株は。いつか50倍、100倍になって、笑顔でアーリーリタイアを宣言できる日が来ればいいのですが。株が紙屑になるか、奇跡が起こって大儲けできるかの、命の種銭を使ったチキンレースをしている気分です。

それはそうと、最近「キクイモ」なるものを食べています。しばらく前にテレビでもその効能が紹介されたらしいのですが、血糖値を下げる効果があるとのことで。食事の前に食べておくと、血糖値の上昇を抑制してダイエット効果があるらしいのです。

実際私も朝昼晩、食事の前にピンポン玉サイズのキクイモを食べてみたところ、生活スタイルを何も変えていないにもかかわらず、1カ月で数キロの減量に成功しました（元の体重と減った量は諸事情により割愛）。

このキクイモの素晴らしいところは生でも食べられるというところでして、梨のような食感とほんのりした甘味で、美味いとは言えないまでも、特に苦もなく食べることができます。
　あまり日持ちしないので店頭では見かけないのですが、ネット通販などで種イモを手に入れることができたら、畑で栽培してみるのもいいかと思います。ただし、キクイモはかなり逞しい植物でして、一度植えるとものすごく増えます。耕運機でかき混ぜてもあちこちから芽が出てくる始末なので、植える場所にはご注意を。木の背丈は2メートルを優に超すので、植木鉢での栽培は難しいのが残念なところです。血糖値でお悩みのかたや、最近太ってきてしまって困っている、といったかたは、一度調べてみてはいかがでしょうか。

　というわけで、「宝くじ～」シリーズ、15巻目を発売することができました。
　いつも応援してくださっている読者様、美麗なイラストで本作を彩ってくださっている黒獅子様（今巻の表紙最高です！）、素敵な装丁デザインに仕上げてくださっているムシカゴグラフィクス様、本編コミカライズ版を連載してくださっているメディアファクトリー様、本編コミカライズを担当してくださっている漫画家の今井ムジイ様、スピンオフ「マリーのイステリア商業開発記」を担当してくださっている漫画家の尺ひめき様、本作担当編集の高田様。いつも本当にありがとうございます。これからも励みますので、今後とも、何卒よろしくお願いいたします。

２０２２年4月　すずの木くろ

本書に対するご意見、ご感想をお寄せください。

あて先

〒162-8540 東京都新宿区東五軒町3-28
双葉社　モンスター文庫編集部
「すずの木くろ先生」係／「黒獅子先生」係
もしくは monster@futabasha.co.jp まで

宝《たから》くじで40億《おく》当《あ》たったんだけど異世界《いせかい》に移住《いじゅう》する⑮

2022年5月1日　第1刷発行

著者　すずの木《き》くろ
発行者　島野浩二
発行所　株式会社双葉社
〒162-8540
東京都新宿区東五軒町3-28
電話　03-5261-4818(営業)
　　　03-5261-4851(編集)
http://www.futabasha.co.jp
(双葉社の書籍・コミック・ムックが買えます)

印刷・製本所　三晃印刷株式会社

フォーマットデザイン　ムシカゴグラフィクス

ISBN978-4-575-75305-9　C0193
Printed in Japan

Mす01-15

モンスター文庫

必勝ダンジョン運営方法 1
雪だるま
YUKIDARUMA
ファルまろ
FARUMARO
ある日、アパートを訪ねてきた女神ルナに、異世界でのダンジョン運営をお願いされた鳥野和也。渋々ダンジョンマスターとなった和也は、まずはゴブリンやスライムを鍛えることにする。2日後、剣士や魔術師、元王女の奴隷などからなるパーティーが、ダンジョンに紛れ込む。和也はゴブリンたちとともに迎え撃つが……露天風呂を作ったり、エルフの少女たちを教育したりと、ダンジョンマスターは今日も大忙し！「小説家になろう」発、大人気迷宮ファンタジー！
モンスター文庫

モンスター文庫

進化の実 1
知らないうちに勝ち組人生
Miku 美紅
Umiko U35 illustrator
ある日、柊誠一の通っている高校が学校ごと異世界に転移した。デブ&ブサイクの誠一はクラスメイトに仲間はずれにされ、一人森をさまよう。クレバーモンキーが持っていた〝進化の実〟を食べて飢えをしのぐが、ステータスで《運》がゼロの誠一は、カイザーコングのサリアに襲われる。しかし……『私、初メテ。ダカラ、優シクシテネ?』なぜか、サリアに求婚されたアぁぁぁぁ!? 一途なサリアに〝ゴリラもありかな〟なんて思っていた矢先、2人は悲劇に見舞われる。しかし〝進化の実〟を食べていた2人には、信じられない奇跡が!?——「小説家になろう」発、大人気アニマルファンタジー!
モンスター文庫

発行・株式会社　双葉社